Sera Torbara

LE VOL DES DIEUX

G. FERRANDINO M. ROTUNDO

Mise en couleurs de Thérèsa BIAGIOLI

DARGAUD EDITEUR

PARIS • BARCELONE • BRUXELLES • LAUSANNE • LONDRES • MONTREAL • NEW YORK • STUTTGART

Distribuzione Comic Art, Roma.

Dépôt légal Mars 1988 - N° 14319
ISBN 2-205-03642-4

Publié par DARGAUD ÉDITEUR

Imprimé en France par Tardy Quercy S.A. Bourges en Mars 1988
Printed in France

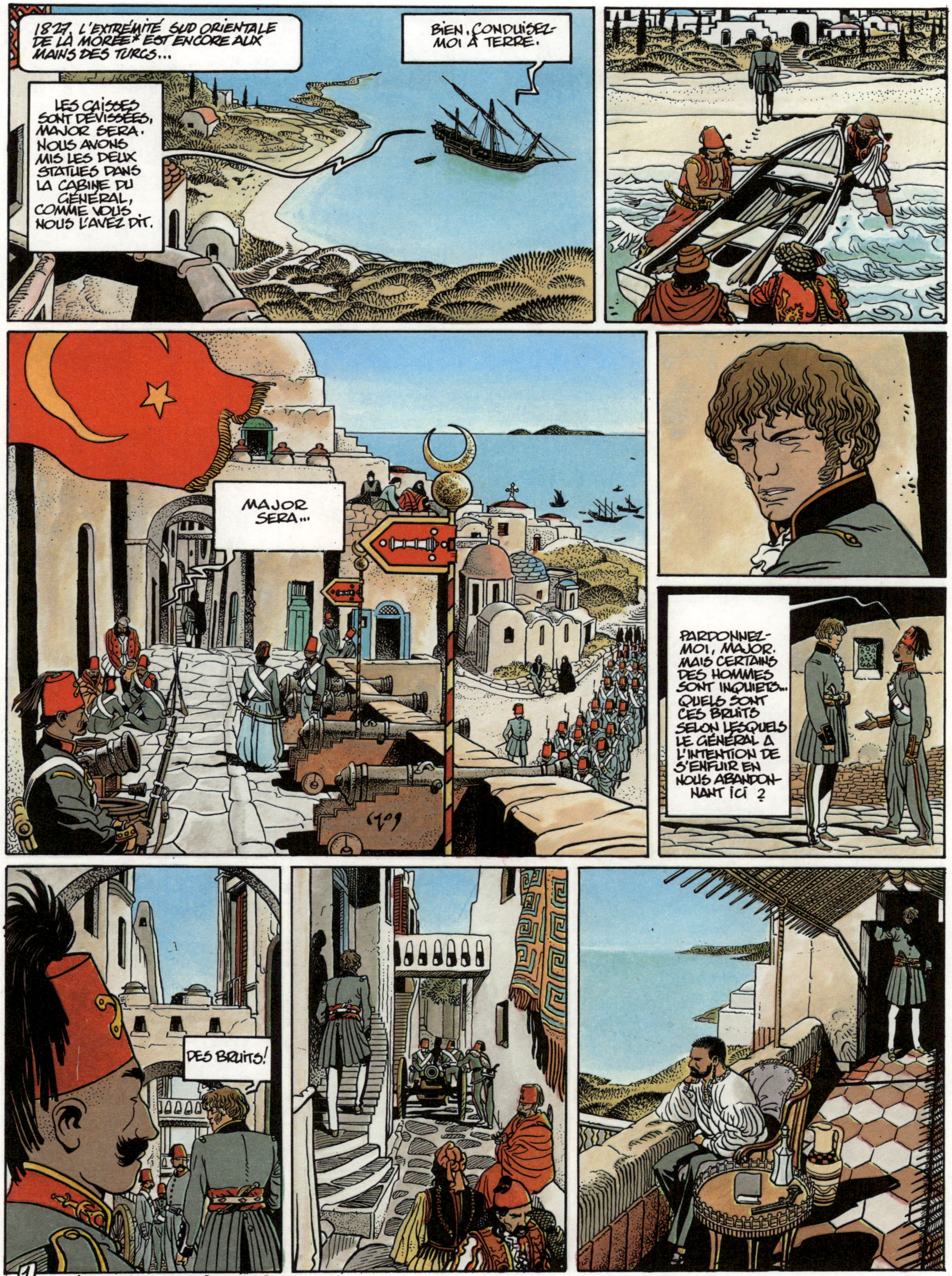

1 * PÉLOPONNÈSE EN GRÈCE OCCIDENTALE.

QUELLE BELLE JOURNÉE, N'EST-CE PAS, MAJOR ?
LE CHEBEC EST PRÊT, GÉNÉRAL VOS MALLES SONT À BORD. ON N'ATTEND QUE VOUS POUR APPAREILLER
LES FRANÇAIS SONT À MOINS DE SIX HEURES D'ICI, L'EMPIRE OTTOMAN SE DISPERSE ... ET PUIS CE SOLEIL, CETTE MER ... ALLAH SE MOQUE DE NOS MISÈRES, MON AMI ...
ALORS QUI POURRAIT ME MÉPRISER DE MA DÉCISION ?... L'HISTOIRE AVANCE À PAS FÉROCES. ET IL NE NOUS RESTE QU'À NOUS ÉCARTER ET À LA REGARDER PASSER ...
QUE SOMMES-NOUS SINON DES PÊCHEURS TRISTES ET INUTILES, TROP VIEUX POUR ENCORE AFFRONTER LES ONDES ?
À EN JUGER PAR LES TRÉSORS QUE VOUS EMMENEZ, IL NE SEMBLE PAS QUE VOUS REGARDIEZ LE FUTUR AVEC UNE TRISTESSE EXCESSIVE, GÉNÉRAL !
VOUS ÊTES EUROPÉEN, SERA TORBARA. MAIS VOUS ÊTES DEPUIS ASSEZ LONGTEMPS DANS L'ARMÉE TURQUE POUR SAVOIR COMME L'IRONIE Y EST APPRÉCIÉE ... ET CESSEZ DE SOURIRE !
ÇA VOUS PLAÎT DE ME JUGER, N'EST-CE PAS ?
PAS DU TOUT, MON GÉNÉRAL. JE SUIS COMME ALLAH, JE M'EN MOQUE.
VOUS ÊTES UN ANARCHISTE ... UN SUBVERSIF ... ET DE PLUS, VOUS ÊTES UN INDIVIDU EXTRÊMEMENT DANGEREUX !
JE NE SAIS COMMENT J'AI PU VOUS TROUVER SYMPATHIQUE ET VOUS FAIRE DES CONFIDENCES ... SURTOUT SUR LES LETTRES TROUVÉES À SPHACTÉRIE ...
LES LETTRES DU COMTE DE SANTA-ROSA ?... À PROPOS, JE N'AI PAS VU LE COFFRET PARMI VOS BAGAGES !
2

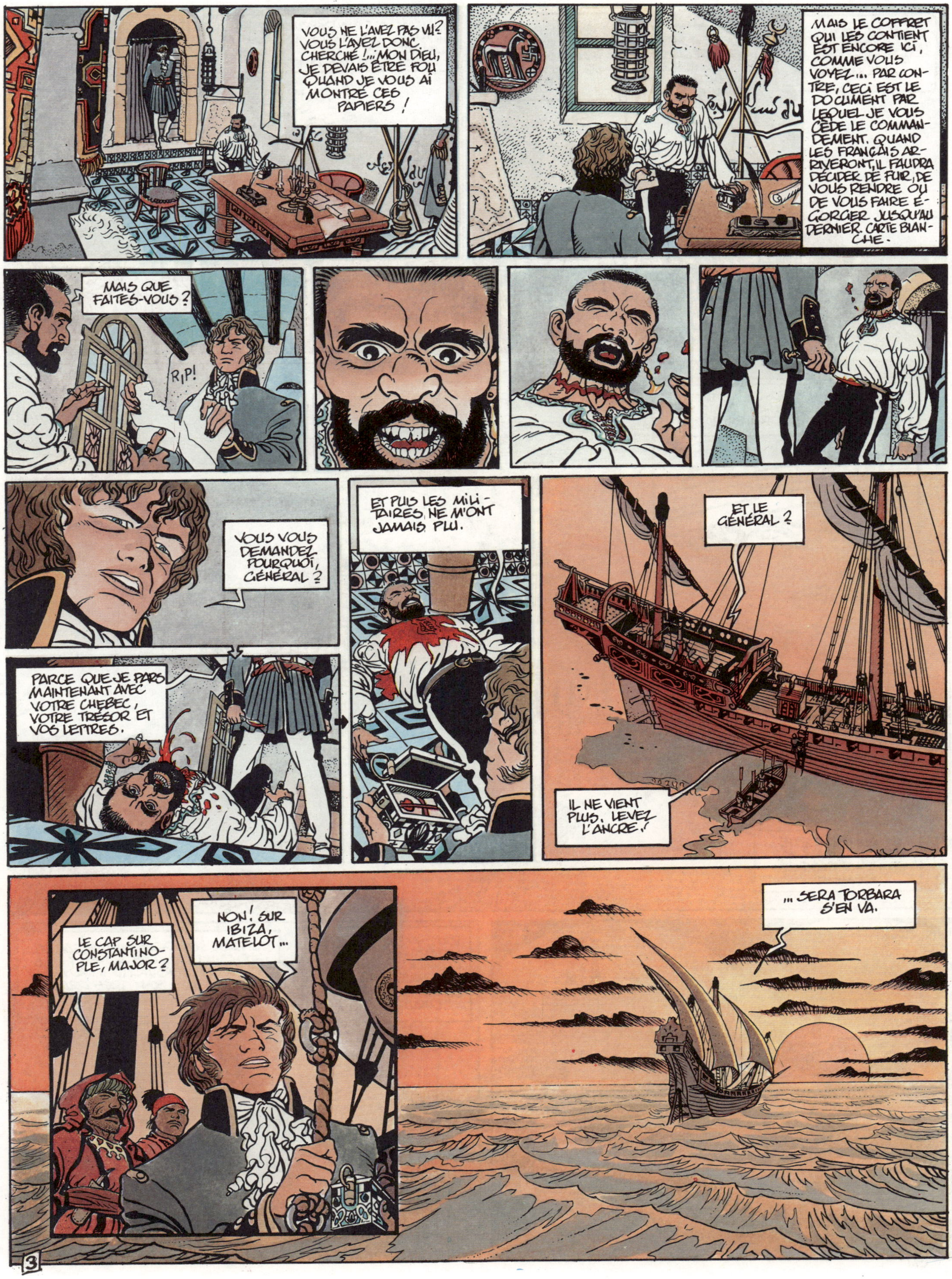
VOUS NE L'AVEZ PAS VU? VOUS L'AVEZ DONC CHERCHÉ !... MON DIEU, JE DEVAIS ÊTRE FOU QUAND JE VOUS AI MONTRÉ CES PAPIERS !
MAIS LE COFFRET QUI LES CONTIENT EST ENCORE ICI, COMME VOUS VOYEZ... PAR CONTRE, CECI EST LE DOCUMENT PAR LEQUEL JE VOUS CÈDE LE COMMANDEMENT. QUAND LES FRANÇAIS ARRIVERONT, IL FAUDRA DÉCIDER DE FUIR, DE VOUS RENDRE OU DE VOUS FAIRE ÉGORGER JUSQU'AU DERNIER. CARTE BLANCHE.
MAIS QUE FAITES-VOUS ?
RIP!
VOUS VOUS DEMANDEZ POURQUOI, GÉNÉRAL ?
PARCE QUE JE PARS MAINTENANT AVEC VOTRE CHEBEC, VOTRE TRÉSOR ET VOS LETTRES.
ET PUIS LES MILITAIRES NE M'ONT JAMAIS PLU.
ET LE GÉNÉRAL ?
IL NE VIENT PLUS. LEVEZ L'ANCRE !
LE CAP SUR CONSTANTINOPLE, MAJOR ?
NON ! SUR IBIZA, MATELOT...
... SERA TORBARA S'EN VA.
3

UN AN APRÈS, SUR LES CÔTES DU HOLSTEIN, SUR LA MER DU NORD...
QUELLE HONTE, JEAN ! REGARDE SON ÉMINENCE ! IL GRIMPE COMME UN ENFANT !
POUF !.. POUF !.. ET ALORS ? JE N'AI PAS BESOIN DE VOS APPUIS, MOI !
IL NE S'AGIT PAS D'APPUIS, JEUNE HOMME ! MAIS DE GÉNÉRATION ! ET LA VÔTRE EST FAITE DE MOLLASSONS ! ... POUR NE PAS DIRE PIRE !
HÉ, DUCHESSE CALYPSO, LE CARDINAL N'EST PAS PRÊT DE ME PARDONNER LES QUINZE COURONNES QUE JE LUI AI GAGNÉES HIER.
MIEUX VAUT ÉPARGNER VOTRE SOUFFLE, MESSIEURS ! NOUS NE SOMMES PAS ENCORE EN HAUT...
ET PEU APRÈS...
ET ALORS ? CETTE VUE NE VALAIT PAS UN PEU D'ESSOUFFLEMENT ?
TOUT, Y COMPRIS LE LAC, APPARTIENT AUX DE CONINCK, LA FAMILLE DE MON MARI, DEPUIS 1628. CE FUT UN DON DE CHRISTIAN IV.
SUPERBE ! ON DIRAIT UN TABLEAU DE GÉRICAULT !... ET CES JEUNES FILLES SONT D'UNE SENSUALITÉ INCROYABLE ! EHM !... ELLES SONT TRÈS GRACIEUSES, VEUX-JE DIRE ...
4

LES JEUNES PÊCHEUSES DE HEDRON SONT FAMEUSES DANS TOUT LE HOLSTEIN POUR LEUR BEAUTÉ AINSI QUE LEUR MODESTIE.
JE LE CROIS. LEUR PUANTEUR TENACE DE POISSON SUFFIT À PROTÉGER LEUR VERTU.
CHER JEAN. TOUS N'ONT PAS UN ODORAT DÉLICAT COMME LE TIEN...
REGARDE NOTRE CHARLES. IL LES DÉVORE DES YEUX...
CHARLES ?... AH, VOTRE JEUNE PROFESSEUR D'ANGLAIS. UN MINUS HABENS, À EN JUGER PAR LE PEU QUE JE LUI AI ENTENDU DIRE.
OUI, C'EST VRAI. IL N'EST PAS D'UNE GRANDE INTELLIGENCE.
MAIS EN ÉCHANGE, IL EST COMME IL FAUT... ET SI SENSIBLE... VOUS SAVEZ, LA BOTANIQUE LE PASSIONNE !
VRAIMENT ?
J'AI ENVIE DE PRENDRE UN BAIN DANS LE LAC. VOUS VENEZ AVEC MOI ?
UN BAIN ? FOLIE ! TU NE SAIS PAS QUE L'EAU SALÉE RUINE LES CHEVEUX ?
JE DOIS RETOURNER AU CHÂTEAU POUR TRAVAILLER. ÇA FAIT DEUX JOURS QUE JE N'AI PAS ÉCRIT UNE LIGNE.
ALLEZ DONC, ÉMINENCE. JEAN VOUS ACCOMPAGNERA. NOUS VOUS VERRONS PLUS TARD AU REPAS.
BON BAIN, CALYPSO. DEVONS-NOUS AVERTIR LE DUC DE VOTRE DÉVIATION DU DROIT CHEMIN ?
VOS JEUX DE MOTS SENTENT LE MOISI, MONSIEUR LE COMTE DE BORDEU, AINSI QUE VOTRE MÉCHANCETÉ !
QUELLE FEMME !
VÉHÉMENTE, NON ? ET PRODIGUE. PRESQUE TROP POUR UNE DUCHESSE.
JEUNE HOMME. OUTRE DES GOÛTS DISCUTABLES, VOUS AVEZ UNE MENTALITÉ DE CONTRE-RÉFORME MAIS ÉCOUTEZ-MOI...
SI SEULEMENT ILS ÉTAIENT TOUS COMME CEUX DE CALYPSO DE CONINCK, LES PÉCHÉS QUE NOUS FAISONS TOUS LES JOURS, QUI FONT SAIGNER LE COEUR DU SEIGNEUR !
Rotundo
5

J'AI NOTÉ QU'OUTRE LA FLORE VOUS VOUS INTÉRESSEZ AUSSI À LA FAUNE, MR. CHARLES.
LA FAUNE ?... OH, NON, DUCHESSE ! J'ÉTUDIAIS LES HÉMÉROCALLES, CES PETITES FLEURS ROUGES...
VENEZ, ACCOMPAGNEZ-MOI DERRIÈRE CES DUNES. J'AI ENVIE D'UN BAIN. VOUS FEREZ ATTENTION QUE PERSONNE N'APPROCHE.
ELLE EST FROIDE, MAIS FORMIDABLE ! EST-IL POSSIBLE QU'À ME REGARDER VOUS N'EN AYEZ PAS ENVIE ?
OH, SI !... HUM... JE VEUX DIRE, NON, MADAME LA DUCHESSE.
VOUS AVEZ PENSÉ AU COSTUME QUE VOUS METTREZ SAMEDI PROCHAIN ?
MAIS JE N'AVAIS PAS PENSÉ ÊTRE INVITÉ. À VOTRE MARI, LE DUC, IL DÉPLAIRAIT QUE QUELQU'UN DE LA DOMESTICITÉ...
SOTTISES. VOUS N'ÊTES PAS VRAIMENT DOMESTIQUE. IL FAUT TROUVER UN VÊTEMENT.
6
CES PANTALONS HUMIDES SONT INSUPPORTABLES. MIEUX VAUT LES ENLEVER. JE LE DISAIS À MES HÔTES, LE CARDINAL KUBE ET LE COMTE DE BORDEU, QUI LUI, EST À LA MODE. PAS DE PENSÉES MALICIEUSES ?
OH, NON ! PAS DU TOUT, MADAME LA DUCHESSE !...
HMMM... DOIS-JE VOUS CROIRE ? VENEZ VOUS ASSEOIR ICI, JE VEUX VOUS REGARDER DANS LES YEUX...

LE SOIR DE LA FÊTE ...
EXCELLENT CHOIX, PRINCESSE ! UN COSTUME VRAIMENT TRÈS ORIGINAL.
VOUS TROUVEZ, DUCHESSE ? J'AI HÉSITÉ JUSQU'AU DERNIER MOMENT.
PETER, QU'ON ACCOMPAGNE LEURS ALTESSES À LA PLAGE.
TRÈS ORIGINAL ... IL Y EN A AU MOINS SEPT AUTRES HABILLÉES COMME ÇA ... MAINTENANT LES INVITÉS DEVRAIENT TOUS ÊTRE LÀ. ÇA ME SURPREND QUE LE CARDINAL NE SOIT PAS DESCENDU.
IL NE MANQUERAIT PLUS QUE ÇA ! DÉJÀ QU'IL SE COMPORTE DE FAÇON DISCUTABLE POUR UN PRINCE DE L'ÉGLISE ! MAIS ALORS, PARTICIPER À UN BAL MASQUÉ !
EN VÉRITÉ, CALYPSO, TOUS TES AMIS SONT DISCUTABLES. ET CE FRANÇAIS, LE COMTE JEAN DE BORDEU EN TOUT PREMIER LIEU.
ET JE TROUVE AUSSI DISCUTABLE D'AVOIR INVITÉ TON PROFESSEUR D'ANGLAIS. IL SUFFIT DE DONNER UN DOIGT À CES BOURGEOIS-PARASITES POUR QU'ILS SE SENTENT LE DROIT DE PRENDRE TOUT LE BRAS.
LIDO, MON CHER MARI. POURQUOI ES-TU TOUJOURS SI TERRIBLEMENT DUR ? ALLEZ, GLISSONS-NOUS AU CŒUR DE LA FÊTE.

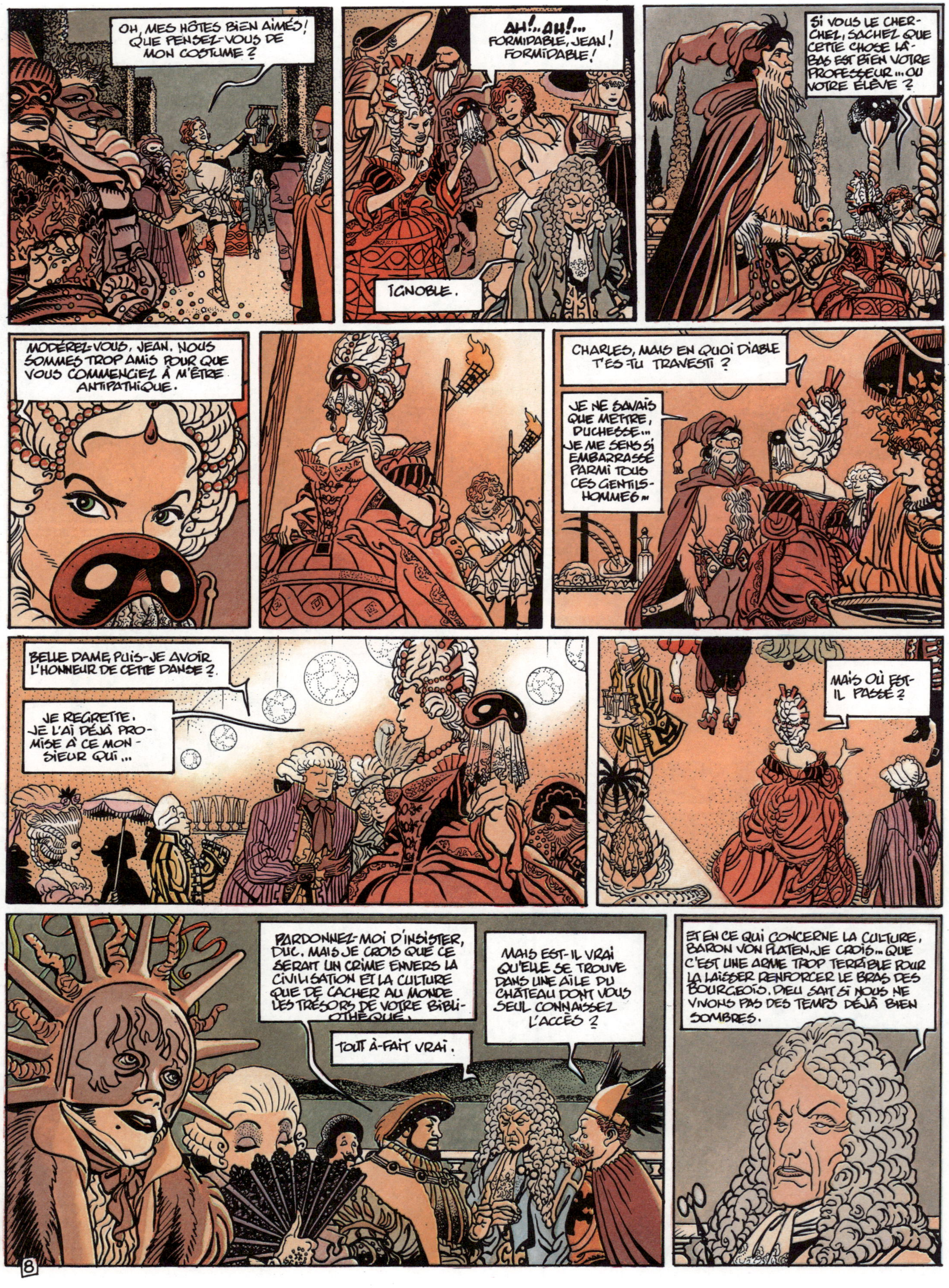
OH, MES HÔTES BIEN AIMÉS ! QUE PENSEZ-VOUS DE MON COSTUME ?
AH !.. AH !... FORMIDABLE, JEAN ! FORMIDABLE !
IGNOBLE.
SI VOUS LE CHERCHEZ, SACHEZ QUE CETTE CHOSE LÀ-BAS EST BIEN VOTRE PROFESSEUR ... OU VOTRE ÉLÈVE ?
MODÉREZ-VOUS, JEAN. NOUS SOMMES TROP AMIS POUR QUE VOUS COMMENCIEZ À M'ÊTRE ANTIPATHIQUE.
CHARLES, MAIS EN QUOI DIABLE T'ES-TU TRAVESTI ?
JE NE SAVAIS QUE METTRE, DUCHESSE... JE ME SENS SI EMBARRASSÉ PARMI TOUS CES GENTILSHOMMES...
BELLE DAME, PUIS-JE AVOIR L'HONNEUR DE CETTE DANSE ?
JE REGRETTE. JE L'AI DÉJÀ PROMISE À CE MONSIEUR QUI ...
MAIS OÙ EST-IL PASSÉ ?
PARDONNEZ-MOI D'INSISTER, DUC. MAIS JE CROIS QUE CE SERAIT UN CRIME ENVERS LA CIVILISATION ET LA CULTURE QUE DE CACHER AU MONDE LES TRÉSORS DE VOTRE BIBLIOTHÈQUE.
TOUT À-FAIT VRAI.
MAIS EST-IL VRAI QU'ELLE SE TROUVE DANS UNE AILE DU CHÂTEAU DONT VOUS SEUL CONNAISSEZ L'ACCÈS ?
ET EN CE QUI CONCERNE LA CULTURE, BARON VON PLATEN, JE CROIS... QUE C'EST UNE ARME TROP TERRIBLE POUR LA LAISSER RENFORCER LE BRAS DES BOURGEOIS. DIEU SAIT SI NOUS NE VIVONS PAS DES TEMPS DÉJÀ BIEN SOMBRES.
8

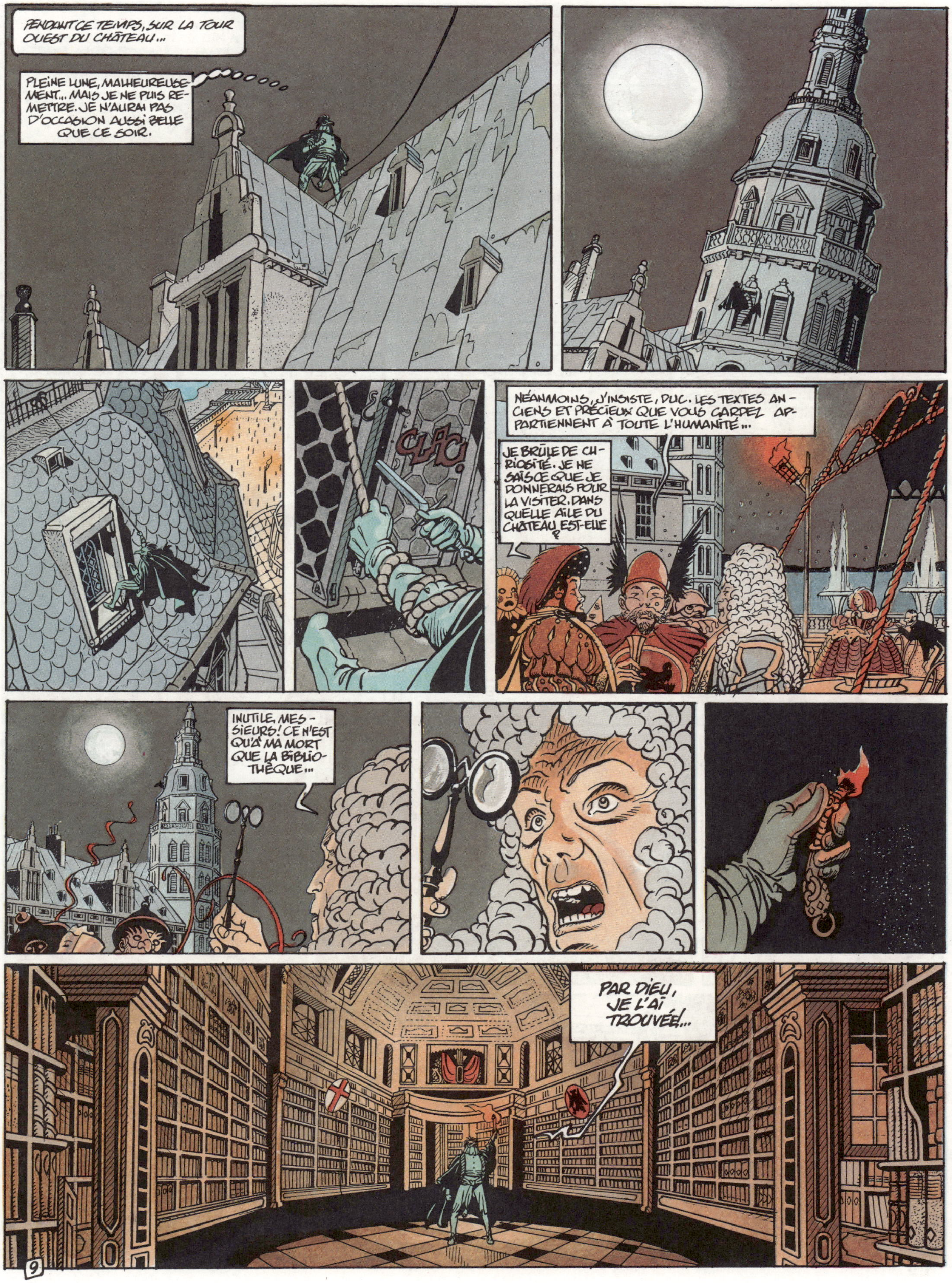
PENDANT CE TEMPS, SUR LA TOUR OUEST DU CHÂTEAU...
PLEINE LUNE, MALHEUREUSEMENT... MAIS JE NE PUIS REMETTRE. JE N'AURAI PAS D'OCCASION AUSSI BELLE QUE CE SOIR.
CLAC!
NÉANMOINS, J'INSISTE, DUC. LES TEXTES ANCIENS ET PRÉCIEUX QUE VOUS GARDEZ APPARTIENNENT À TOUTE L'HUMANITÉ...
JE BRÛLE DE CURIOSITÉ. JE NE SAIS CE QUE JE DONNERAIS POUR LA VISITER. DANS QUELLE AILE DU CHÂTEAU EST-ELLE ?
INUTILE, MESSIEURS! CE N'EST QU'À MA MORT QUE LA BIBLIOTHÈQUE...
PAR DIEU, JE L'AI TROUVÉE!...
9

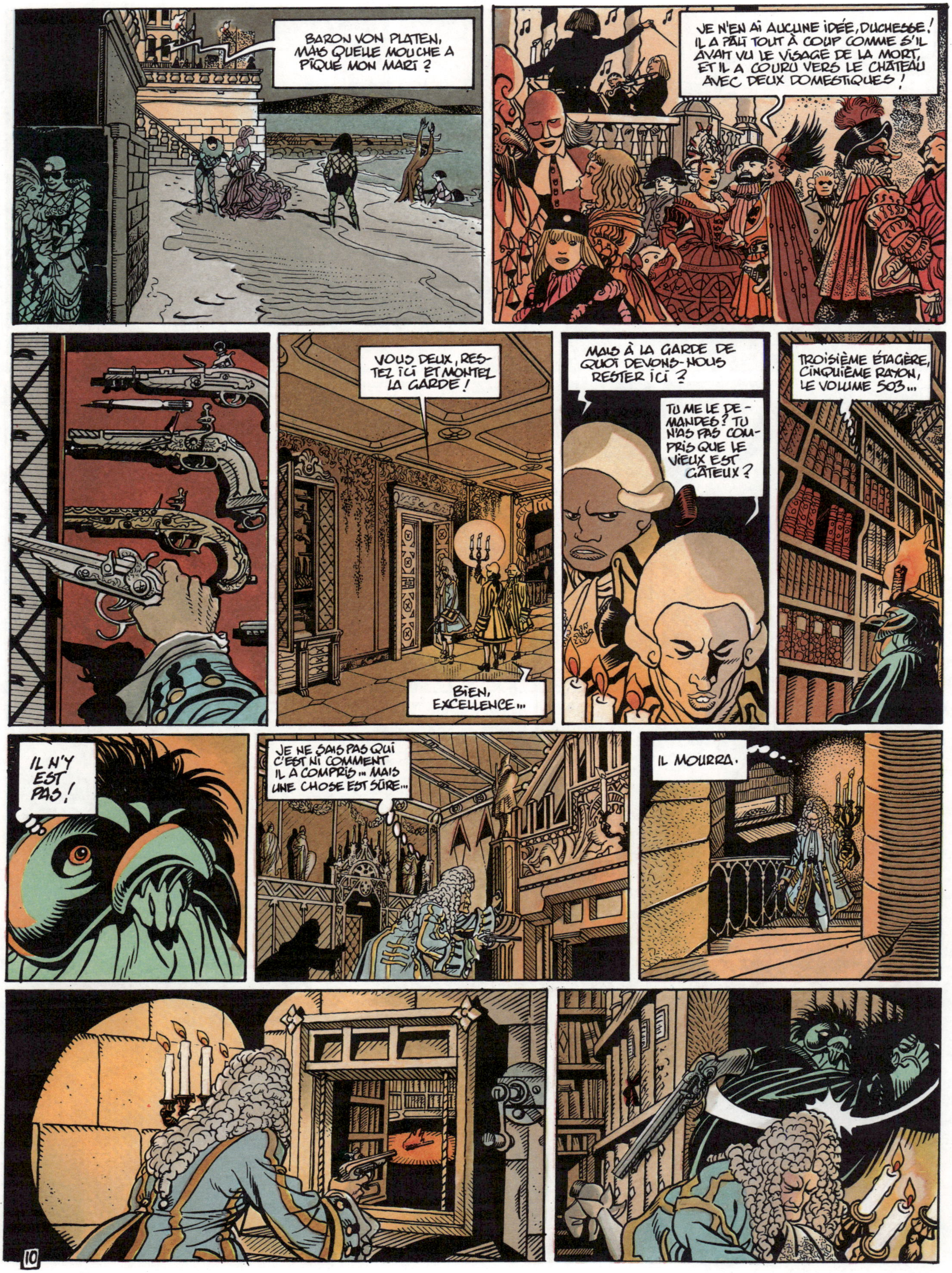

BARON VON PLATEN, MAIS QUELLE MOUCHE A PIQUÉ MON MARI ?
JE N'EN AI AUCUNE IDÉE, DUCHESSE ! IL A PÂLI TOUT À COUP COMME S'IL AVAIT VU LE VISAGE DE LA MORT, ET IL A COURU VERS LE CHÂTEAU AVEC DEUX DOMESTIQUES !
VOUS DEUX, RESTEZ ICI ET MONTEZ LA GARDE !
BIEN, EXCELLENCE...
MAIS À LA GARDE DE QUOI DEVONS-NOUS RESTER ICI ?
TU ME LE DEMANDES ? TU N'AS PAS COMPRIS QUE LE VIEUX EST GÂTEUX ?
TROISIÈME ÉTAGÈRE, CINQUIÈME RAYON, LE VOLUME 503...
IL N'Y EST PAS !
JE NE SAIS PAS QUI C'EST NI COMMENT IL A COMPRIS... MAIS UNE CHOSE EST SÛRE...
IL MOURRA.
10

TOUT VA BIEN, EXCELL... OUCK!
MON DIEU... IL M'A PRESQUE BRISÉ LA NUQUE... LA TORCHE! JUSTE À CET ENDROIT!... MAINTENANT, IL N'Y A PLUS DE DOUTE...
IL CHERCHAIT "LE LIVRE"...
C'EST LUI! ATTRAPEZ-LE!
BAS LE MASQUE! JE VEUX LE VOIR DE FACE, LE MISÉRABLE!
VIEUX COUILLON! COMMENT OSEZ-VOUS?

A-T-ON CHERCHÉ KASPARSON, MON SECRÉTAIRE ?
IL EST À LISL, CHEZ SA MÈRE, TU NE T'EN SOUVIENS PAS ? J'AI ENVOYÉ BORIS LE CHERCHER. REGARDE DONC CE QU'UN DOMESTIQUE A TROUVÉ SUR LA PLAGE.
QU'EST-CE ?
UN COSTUME IDENTIQUE À CELUI DU CARDINAL. LE VOLEUR A VOULU SE MOQUER DE TOI, ET DE LUI...
ÇA, JE L'AURAIS COMPRIS, CALYPSO. JE N'AI PAS BESOIN DE TON INTERPRÉTATION DES FAITS.
EXCUSE-MOI.
C'EST À TOI DE M'EXCUSER. C'EST UN SALE MOMENT... ET LE CARDINAL, QU'A-T-IL DÉCIDÉ ?
IL NE PART PLUS. JE LUI AI EXPLIQUÉ L'ÉQUIVOQUE. IL A DÉCIDÉ DE TE PARDONNER. IL A UN ESPRIT ÉLEVÉ.
ESPRIT ÉLEVÉ... SUPPOSONS. HIER SOIR, EN SE TROUVANT DANS CETTE MASCARADE, IL N'A FAIT QU'AJOUTER LE SCANDALE AU SCANDALE... C'EST SON AFFAIRE. MOI, POUR LE MOMENT, J'AI D'AUTRES CHOSES EN TÊTE.
UDO, POURQUOI NE VEUX-TU PAS ME DIRE QUEL ÉTAIT L'OBJECTIF DU VOLEUR ? QUE CHERCHAIT-IL ?
QUE CHERCHAIT-IL...
IL CHERCHAIT LE CHAOS.
JEUNE HOMME ! QUAND VOUS DÉCIDEREZ-VOUS À CESSER ? DEPUIS CE MATIN, VOUS ME REGARDEZ ET VOUS RIEZ ! VOTRE IMPERTINENCE DEVIENT INTOLÉRABLE !
12

PARDONNEZ-MOI, ÉMINENCE. JE NE LE FAIS PAS EXPRÈS. MAIS VRAIMENT, JE N'ARRIVE PAS À OUBLIER VOTRE EXPRESSION QUAND LE DUC VOUS A ARRACHÉ VOTRE MASQUE... MMH! ... MMMH! MMH! ...
SEIGNEUR DIEU! SI J'AVAIS ENTRE LES MAINS LE CRIMINEL QUI M'A JOUÉ CE TOUR! ... JE NE COMPRENDS PAS COMMENT IL CONNAISSAIT MON COSTUME. JE NE L'AVAIS RÉVÉLÉ À PERSONNE.
EN VÉRITÉ, L'HISTOIRE DU COSTUME ME DONNE À RÉFLÉCHIR. À MON AVIS, LE VOLEUR VIT ICI, AU CHÂTEAU.
JEAN! TU ES FOU?
MAIS PENSONS-Y, VOUS AUSSI, CALYPSO! LA CONNAISSANCE PARFAITE DES LIEUX, LE CHOIX PRÉCIS DE L'HEURE DE L'ACTION, LE COSTUME SEMBLABLE À CELUI DE SON ÉMINENCE ... AUTANT D'ÉLÉMENTS QUI PORTENT À EXCLURE L'ACTION D'UN ÉTRANGER.
UN INSTANT ... IL ME VIENT À L'ESPRIT UNE CHOSE. VOUS, ÉMINENCE, VOUS AVEZ FAIT FAIRE LE COSTUME À LIST, EXACT?
OUI, À L'ATELIER ANDERS. COMME PRESQUE TOUS LES INVITÉS, D'AILLEURS. ILS AVAIENT BEAUCOUP DE TRAVAIL À LA BOUTIQUE.
BIEN! JE PENSE QUE CE SERAIT LE MOMENT D'Y PASSER.
PAR DIEU, VOUS AVEZ RAISON! ... D'AUTANT QUE LE DUC S'ÉTANT REFUSÉ À AVERTIR LA PRÉFECTURE, IL SERAIT AMUSANT DE JOUER LE RÔLE DES SBIRES!
CHARLES...
MMMM?...
HIER, PENDANT LE BAL, TOUT À COUP TU AS DISPARU. OÙ AS-TU ÉTÉ?
PENDANT LE BAL?.. MAIS POURQUOI?
DIS-LE MOI.
HÉ BIEN... J'ÉTAIS SI ÉMOTIONNÉ... IL M'EST VENU UNE INDISPOSITION SOUDAINE. J'AI DÛ COURIR AU...
13

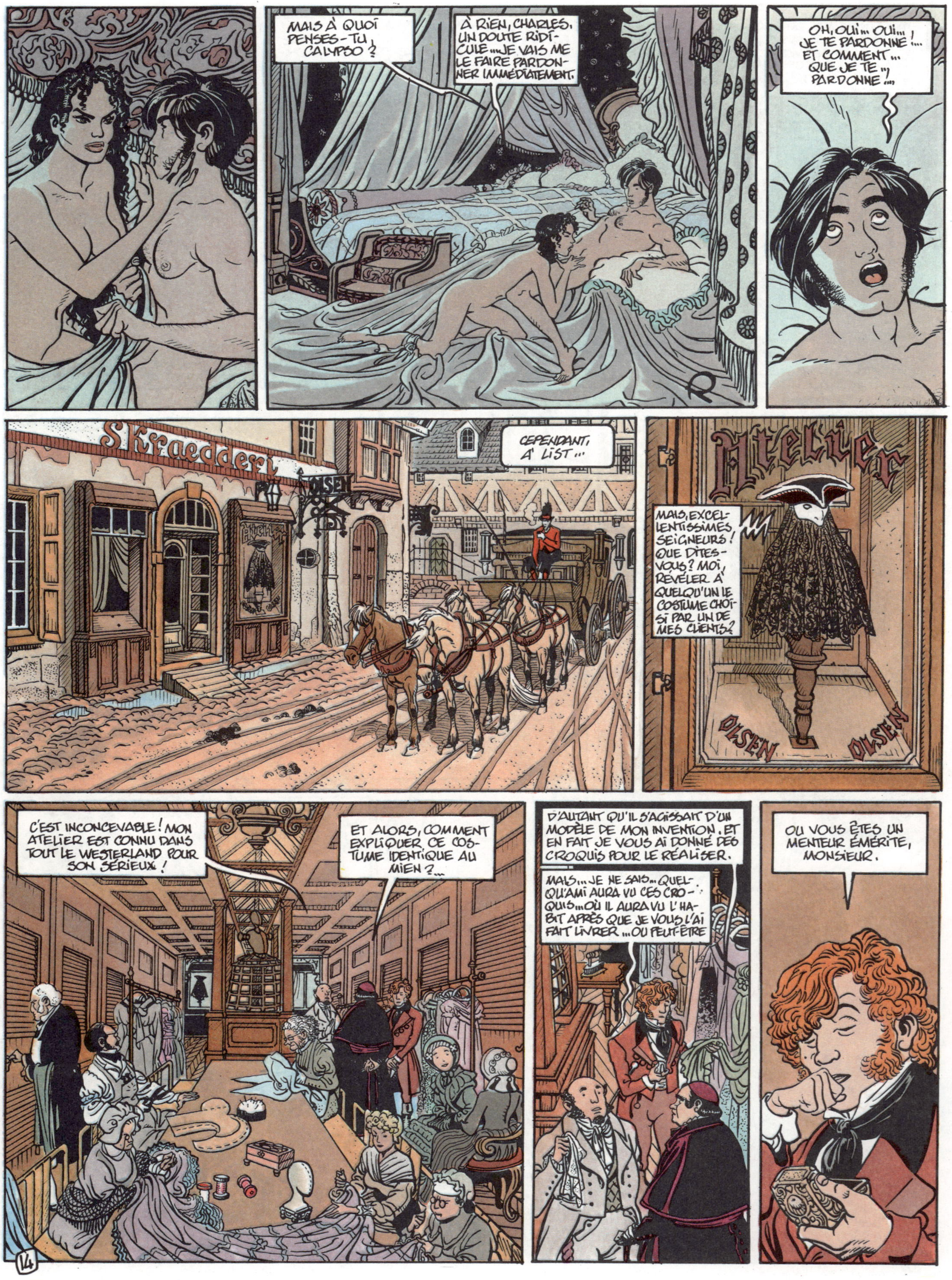
MAIS À QUOI PENSES-TU CALYPSO ?
À RIEN, CHARLES, UN DOUTE RIDICULE... JE VAIS ME LE FAIRE PARDONNER IMMÉDIATEMENT.
OH, OUI... OUI... JE TE PARDONNE !... ET COMMENT... QUE JE TE PARDONNE !...
SKRAEDDERI
OLSEN
CEPENDANT, À LIST...
ATELIER
MAIS, EXCELLENTISSIMES SEIGNEURS ! QUE DITES-VOUS ? MOI, RÉVÉLER À QUELQU'UN LE COSTUME CHOISI PAR UN DE MES CLIENTS ?
OLSEN
OLSEN
C'EST INCONCEVABLE ! MON ATELIER EST CONNU DANS TOUT LE WESTERLAND POUR SON SÉRIEUX !
ET ALORS, COMMENT EXPLIQUER CE COSTUME IDENTIQUE AU MIEN ?...
D'AUTANT QU'IL S'AGISSAIT D'UN MODÈLE DE MON INVENTION. ET EN FAIT JE VOUS AI DONNÉ DES CROQUIS POUR LE RÉALISER.
MAIS... JE NE SAIS... QUELQU'AMI AURA VU CES CROQUIS... OÙ IL AURA VU L'HABIT APRÈS QUE JE VOUS L'AI FAIT LIVRER ...OU PEUT-ÊTRE
OU VOUS ÊTES UN MENTEUR ÉMÉRITE, MONSIEUR.
14

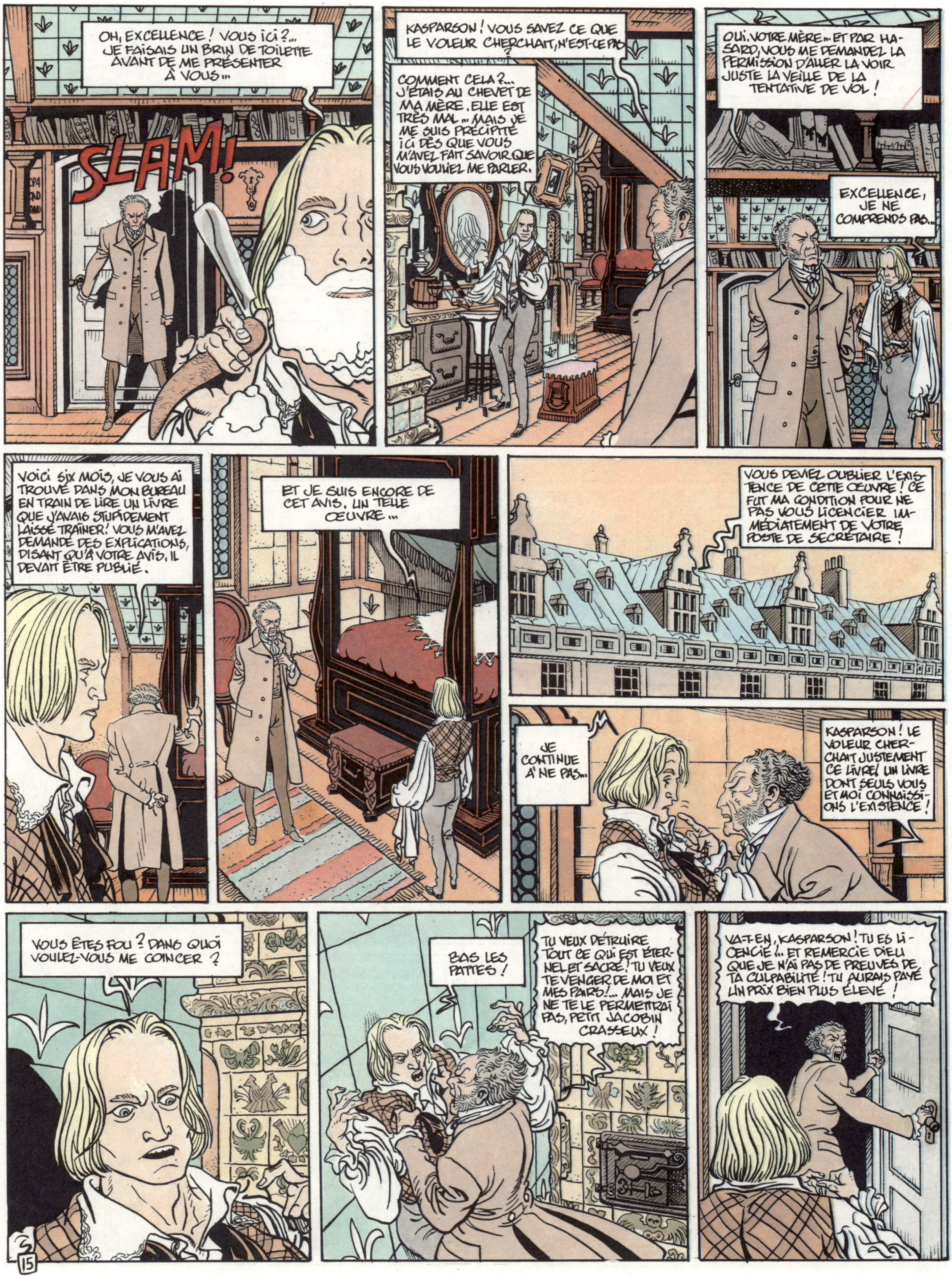
OH, EXCELLENCE ! VOUS ICI ?... JE FAISAIS UN BRIN DE TOILETTE AVANT DE ME PRÉSENTER À VOUS...
SLAM !
KASPARSON ! VOUS SAVEZ CE QUE LE VOLEUR CHERCHAIT, N'EST-CE PAS ?
COMMENT CELA ?... J'ÉTAIS AU CHEVET DE MA MÈRE. ELLE EST TRÈS MAL... MAIS JE ME SUIS PRÉCIPITÉ ICI DÈS QUE VOUS M'AVEZ FAIT SAVOIR QUE VOUS VOULIEZ ME PARLER.
OUI, VOTRE MÈRE... ET PAR HASARD, VOUS ME DEMANDEZ LA PERMISSION D'ALLER LA VOIR JUSTE LA VEILLE DE LA TENTATIVE DE VOL !
EXCELLENCE, JE NE COMPRENDS PAS...
VOICI SIX MOIS, JE VOUS AI TROUVÉ DANS MON BUREAU EN TRAIN DE LIRE UN LIVRE QUE J'AVAIS STUPIDEMENT LAISSÉ TRAÎNER ! VOUS M'AVEZ DEMANDÉ DES EXPLICATIONS, DISANT QU'À VOTRE AVIS, IL DEVAIT ÊTRE PUBLIÉ.
ET JE SUIS ENCORE DE CET AVIS. UNE TELLE ŒUVRE...
VOUS DEVIEZ OUBLIER L'EXISTENCE DE CETTE ŒUVRE ! CE FUT MA CONDITION POUR NE PAS VOUS LICENCIER IMMÉDIATEMENT DE VOTRE POSTE DE SECRÉTAIRE !
JE CONTINUE À NE PAS...
KASPARSON ! LE VOLEUR CHERCHAIT JUSTEMENT CE LIVRE ! UN LIVRE DONT SEULS VOUS ET MOI CONNAISSIONS L'EXISTENCE !
VOUS ÊTES FOU ? DANS QUOI VOULEZ-VOUS ME COINCER ?
BAS LES PATTES !
TU VEUX DÉTRUIRE TOUT CE QUI EST ÉTERNEL ET SACRÉ ! TU VEUX TE VENGER DE MOI ET MES PAIRS !... MAIS JE NE TE LE PERMETTRAI PAS, PETIT JACOBIN CRASSEUX !
VA-T-EN, KASPARSON ! TU ES LICENCIÉ !... ET REMERCIE DIEU QUE JE N'AI PAS DE PREUVES DE TA CULPABILITÉ ! TU AURAIS PAYÉ UN PRIX BIEN PLUS ÉLEVÉ !

IL EST CLAIR COMME LE JOUR QUE CE TAILLEUR MENT. C'EST LUI QUI A RÉVÉLÉ AU VOLEUR COMMENT ÉTAIT VOTRE COSTUME, ÉMINENCE, ET C'EST CERTAINEMENT LUI QUI EN A CONFECTIONNÉ UN SEMBLABLE.
MAIS SI VOUS CONNAISSEZ L'IDENTITÉ DU CRIMINEL, ALORS ...
NON, LE VOLEUR NE PEUT ÊTRE ASSEZ STUPIDE POUR S'ÊTRE RENDU EN PERSONNE À L'ATELIER. IL A SÛREMENT UTILISÉ UN INTERMÉDIAIRE.
CE QUE JE NE COMPRENDS PAS, COMTE, C'EST POURQUOI IL S'EST DONNÉ TOUTE CETTE PEINE, SIMPLEMENT POUR ME JOUER CE TOUR D'UN GOÛT DOUTEUX ?
MAIS NON, C'EST ÉVIDENT ! LE COSTUME LUI SERVAIT POUR GAGNER DU TEMPS S'IL AVAIT ÉTÉ DÉCOUVERT. CE QUI A ÉTÉ LE CAS.
EH BIEN ! JE DOIS DIRE, JEUNE HOMME, QUE COUPLE D'INVESTIGATEURS, MOI ET VOUS, NOUS NE NOUS Y SOMMES PAS MAL PRIS. DOMMAGE QUE NOTRE ENQUÊTE SE SOIT DÉJÀ ENLISÉE.
POUR LA RENFLOUER, ÉMINENCE, IL SERAIT NÉCESSAIRE DE SAVOIR CE QUE RECHERCHAIT LE VOLEUR. MAIS LE DUC EST PRÉCAUTIONNEUSEMENT INÉBRANLABLE... JE ME DEMANDE BIEN POURQUOI.
QUE VEUX-TU QUE J'Y FASSE ?... SI MON MARI T'A LICENCIÉ, C'EST QU'IL DEVAIT AVOIR DE BONNES RAISONS.
PAR DIEU, CALYPSO ! VOUS PERMETTRIEZ QUE JE SOIS RUINÉ SANS LEVER LE PETIT DOIGT ?
JE NE T'AI JAMAIS PROMIS PLUS QUE CE QUE JE T'AI DONNÉ, KASPARSON... ET MAINTENANT, SI TU VEUX BIEN M'EXCUSER.
PUTAIN ! J'AVAIS VU JUSTE AU SUJET DE CET ANGLAIS. C'EST PAR LUI QUE TU TE FAIS SAUTER, MAINTENANT ! POURQUOI ?...
IL L'A PEUT-ÊTRE PLUS GROSSE ? IL RÉUSSIT MIEUX À SATISFAIRE TES ENVIES DE CHIENNE EN CHALEUR ?...
16

DISPARAIS DE MA VUE, GOUJAT !
C'EST BON !... MAIS MOI, JE NE SUIS PAS UN DE TES PANTINS POUDRÉS !... TU T'EN RENDRAS COMPTE !
UNE SEMAINE S'EST ÉCOULÉE...
EXCUSE-MOI, BRAVE HOMME ! PUIS-JE SAVOIR LA RAISON DE TANT DE PRÉCAUTIONS ?
LE VENT DU SUD-OUEST, MONSEIGNEUR.
ET ALORS ? CE N'EST SÛREMENT PAS LA PREMIÈRE FOIS QU'IL SOUFFLE DE CE CÔTÉ !
JAMAIS SI FORT NI SI LONGTEMPS. ÇA FAIT BIEN QUATRE JOURS... ET LE VIEUX LERBI SE SOUVIENT ENCORE DE CE QUI EST ARRIVÉ EN 77.
HI ! HI !... ET COMMENT ! J'ÉTAIS UN MORVEUX ALORS LES MIENS M'ONT TIRÉ À BAS DU LIT ET M'ONT JETÉ SUR UN RADEAU ! DURANT LA NUIT, LE VENT SUD-OUEST AVAIT VIRÉ NORD ! UNE CHOSE QUI ARRIVE TOUS LES CENT ANS !...
L'OURAGAN A BRISÉ LES DIGUES ET INONDÉ LA CAMPAGNE ! CES JOUVENCEAUX DEVRAIENT SE PRÉOCCUPER DE LEURS ÂMES NOIRES PLUTÔT QUE DE LEURS BARQUES ! PARCE QUE SI ÇA ARRIVE DE NOUVEAU, PAR BELZEBUTH, ÇA SERA UNE GRANDE FÊTE ! HI ! HI !
17

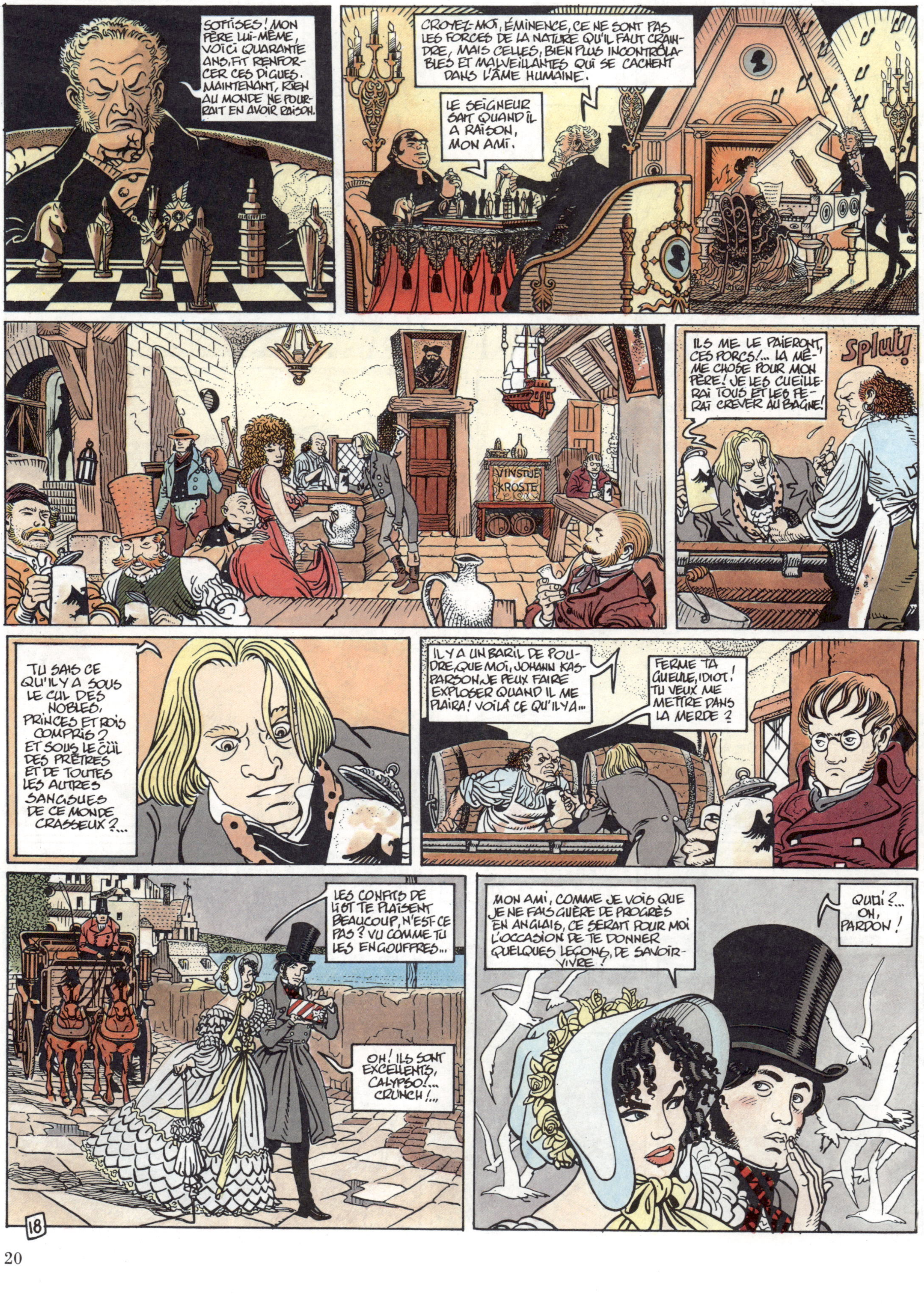
SOTTISES ! MON PÈRE LUI-MÊME, VOICI QUARANTE ANS, FIT RENFORCER CES DIGUES. MAINTENANT, RIEN AU MONDE NE POURRAIT EN AVOIR RAISON.
CROYEZ-MOI, ÉMINENCE, CE NE SONT PAS LES FORCES DE LA NATURE QU'IL FAUT CRAINDRE, MAIS CELLES, BIEN PLUS INCONTRÔLABLES ET MALVEILLANTES QUI SE CACHENT DANS L'ÂME HUMAINE.
LE SEIGNEUR SAIT QUAND IL A RAISON, MON AMI.
SPLUT !
ILS ME LE PAIERONT, CES PORCS !... LA MÊME CHOSE POUR MON PÈRE ! JE LES CUEILLERAI TOUS ET LES FERAI CREVER AU BAGNE !
TU SAIS CE QU'IL Y A SOUS LE CUL DES NOBLES, PRINCES ET ROIS COMPRIS ? ET SOUS LE CUL DES PRÊTRES ET DE TOUTES LES AUTRES SANGSUES DE CE MONDE CRASSEUX ?...
IL Y A UN BARIL DE POUDRE, QUE MOI, JOHANN KASPARSON, JE PEUX FAIRE EXPLOSER QUAND IL ME PLAIRA ! VOILÀ CE QU'IL Y A...
FERME TA GUEULE, IDIOT ! TU VEUX ME METTRE DANS LA MERDE ?
LES CONFITS DE L'ÎLOT TE PLAISENT BEAUCOUP, N'EST-CE PAS ? VU COMME TU LES ENGOUFFRES...
OH ! ILS SONT EXCELLENTS, CALYPSO !... CRUNCH !...
18
MON AMI, COMME JE VOIS QUE JE NE FAIS GUÈRE DE PROGRÈS EN ANGLAIS, CE SERAIT POUR MOI L'OCCASION DE TE DONNER QUELQUES LEÇONS, DE SAVOIR-VIVRE !
QUOI ?... OH, PARDON !

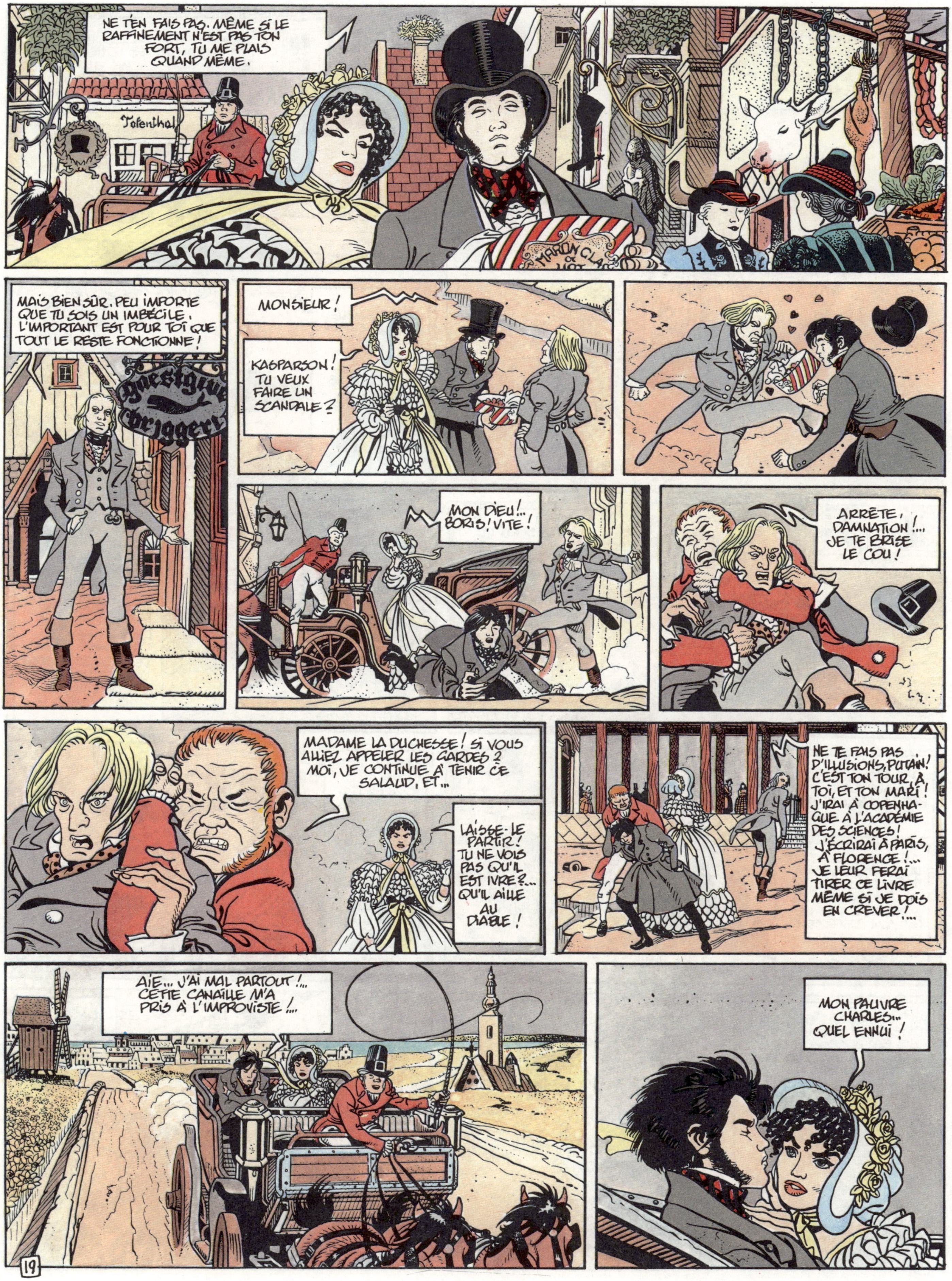

NE T'EN FAIS PAS. MÊME SI LE RAFFINEMENT N'EST PAS TON FORT, TU ME PLAIS QUAND MÊME.
MAIS BIEN SÛR. PEU IMPORTE QUE TU SOIS UN IMBÉCILE. L'IMPORTANT EST POUR TOI QUE TOUT LE RESTE FONCTIONNE !
MONSIEUR !
KASPARSON ! TU VEUX FAIRE UN SCANDALE ?
MON DIEU !... BORIS ! VITE !
ARRÊTE, DAMNATION !... JE TE BRISE LE COU !
MADAME LA DUCHESSE ! SI VOUS ALLIEZ APPELER LES GARDES ? MOI, JE CONTINUE À TENIR CE SALAUD, ET...
LAISSE-LE PARTIR ! TU NE VOIS PAS QU'IL EST IVRE ?... QU'IL AILLE AU DIABLE !
NE TE FAIS PAS D'ILLUSIONS, PUTAIN ! C'EST TON TOUR, À TOI, ET TON MARI ! J'IRAI À COPENHAGUE À L'ACADÉMIE DES SCIENCES ! J'ÉCRIRAI À PARIS, À FLORENCE !... JE LEUR FERAI TIRER CE LIVRE MÊME SI JE DOIS EN CREVER !...
AÏE... J'AI MAL PARTOUT !... CETTE CANAILLE M'A PRIS À L'IMPROVISTE !...
MON PAUVRE CHARLES... QUEL ENNUI !
19

IL A COULÉ VOICI DEUX ANS. LES SEIGNEURS SE FIRENT CONDUIRE PAR LES PÊCHEURS POUR LE VOIR DE PRÈS... FOLIE...
...LE MONDE VACILLE, LES PAYSANS PRÉPARENT LES FOURCHES, DIEU LUI-MÊME EST MIS EN DISCUSSION ...MAIS LES NOBLES PRÉFÈRENT LES ÉPAVES ET LES FANTÔMES À LA RÉALITÉ! AVEUGLES ET FOUS!...
...IL ME SEMBLE ÊTRE LE DERNIER SAGE... TROP VIEUX POUR LUTTER ENCORE... IL FAUT QUE JE ME CONTENTE DE CE QU'IL ME RESTE... MA FEMME, MES TERRES, MON ROI...
C'EST L'ESPRIT DE CETTE ÉPOQUE, DUC, QUI PRÉFÈRE LE ROMANTISME À LA RAISON, LE SONGE À LA RÉALITÉ... ET LE DRAME EST QU'ON VEUT REVÊTIR AUSSI LE PASSÉ DE CETTE AURÉOLE POÉTIQUE ET FAUSSE...
FIGUREZ-VOUS QU'UN AMI LETTRÉ À MOI VOULAIT ME CONVAINCRE QUE LINNÉ, LE GRAND NATURALISTE DU SIÈCLE PASSÉ, AVAIT DÉVELOPPÉ UNE THÉORIE SUR LES ORIGINES DE L'HUMANITÉ EN DÉSACCORD ABSOLU AVEC TOUT CE QUI EST SANCTIONNÉ DANS LA BIBLE!...
ELLE EST BIEN BONNE!... NOUS NE DESCENDRIONS PLUS, PAR CONSÉQUENT, D'ADAM ET ÈVE, ... ET DE QUI, ALORS ?
AH, NE ME POSEZ PAS LA QUESTION À MOI SELON CE LETTRÉ, LINNÉ, RONGÉ PAR LE REMORD ET CONSEILLÉ PAR SON CONFESSEUR, DÉTRUISIT LE LIVRE CONTENANT SA THÉORIE...
EH BIEN, UN PEU FARFELUE... POUR NE PAS DIRE IDIOTE, CETTE HISTOIRE, ET QUEL ÉTAIT LE TITRE DU LIVRE ?
OH, LE SUMMUM DU ROMANTISME... "DE DEORUM VOLO"...
..."LE VOL DES DIEUX"... DITES-MOI, MESSIEURS, S'IL EST POSSIBLE DE CROIRE À UNE BLAGUE TELLEMENT...
TOUT CECI EST BURLESQUE ET INUTILE!... ET JE REFUSE D'EN ENTENDRE DAVANTAGE!
L'ÂGE, JEUNE HOMME... L'ÂGE...
MAIS QU'EST-CE QUI LUI PREND ?
20

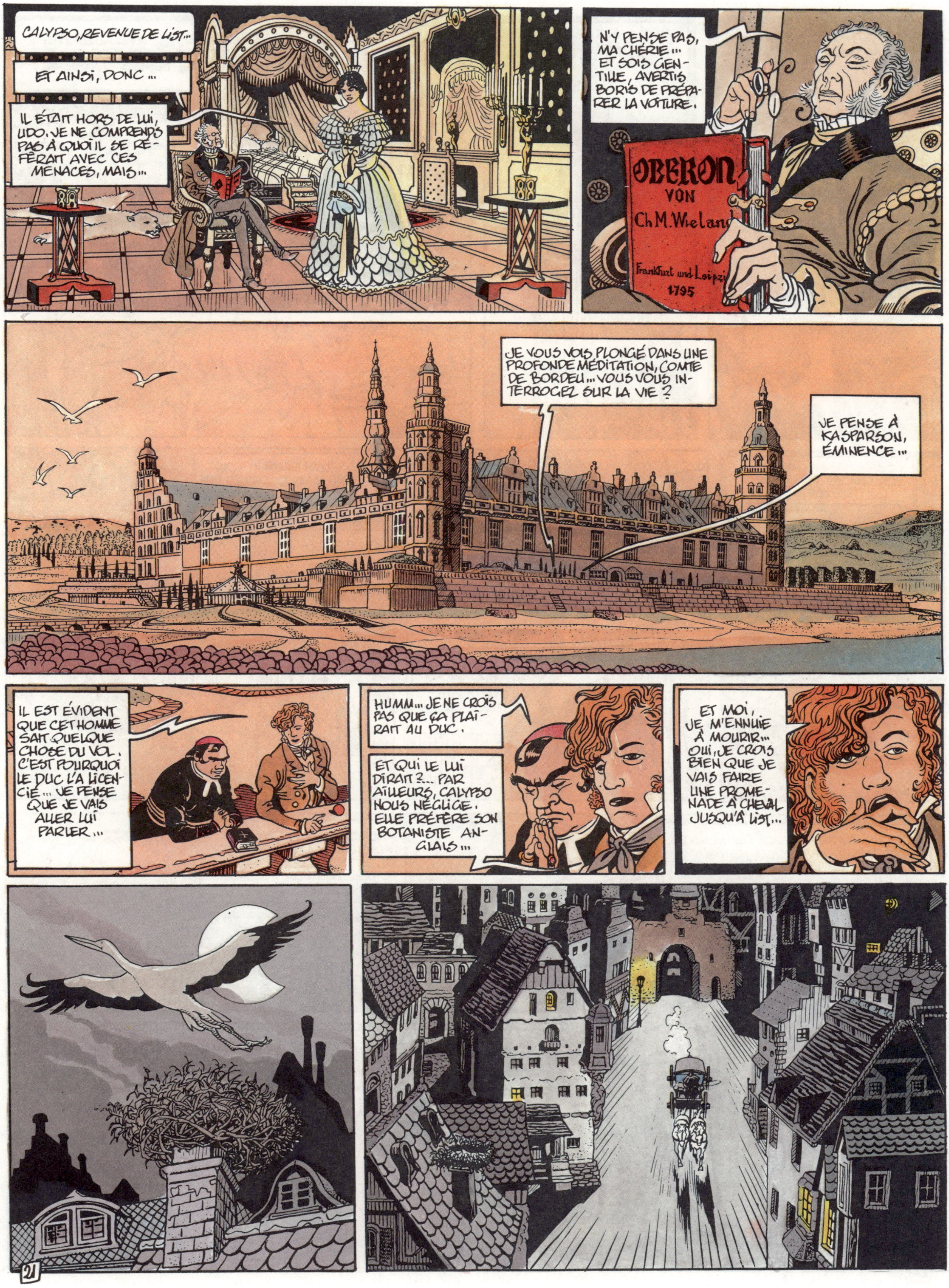
CALYPSO, REVENUE DE LIST...
ET AINSI, DONC ...
IL ÉTAIT HORS DE LUI, UDO. JE NE COMPRENDS PAS À QUOI IL SE RÉFÉRAIT AVEC CES MENACES, MAIS ...
N'Y PENSE PAS, MA CHÉRIE ... ET SOIS GENTILLE, AVERTIS BORIS DE PRÉPARER LA VOITURE.
OBERON
VON
Ch.M.Wielan
Frankfurt und Leipzi
1795
JE VOUS VOIS PLONGÉ DANS UNE PROFONDE MÉDITATION, COMTE DE BORDEU ... VOUS VOUS INTERROGEZ SUR LA VIE ?
JE PENSE À KASPARSON, ÉMINENCE ...
IL EST ÉVIDENT QUE CET HOMME SAIT QUELQUE CHOSE DU VOL. C'EST POURQUOI LE DUC L'A LICENCIÉ ... JE PENSE QUE JE VAIS ALLER LUI PARLER ...
HUMM ... JE NE CROIS PAS QUE ÇA PLAIRAIT AU DUC.
ET QUI LE LUI DIRAIT ?... PAR AILLEURS, CALYPSO NOUS NÉGLIGE. ELLE PRÉFÈRE SON BOTANISTE ANGLAIS ...
ET MOI, JE M'ENNUIE À MOURIR ... OUI, JE CROIS BIEN QUE JE VAIS FAIRE UNE PROMENADE À CHEVAL JUSQU'À LIST ...
21

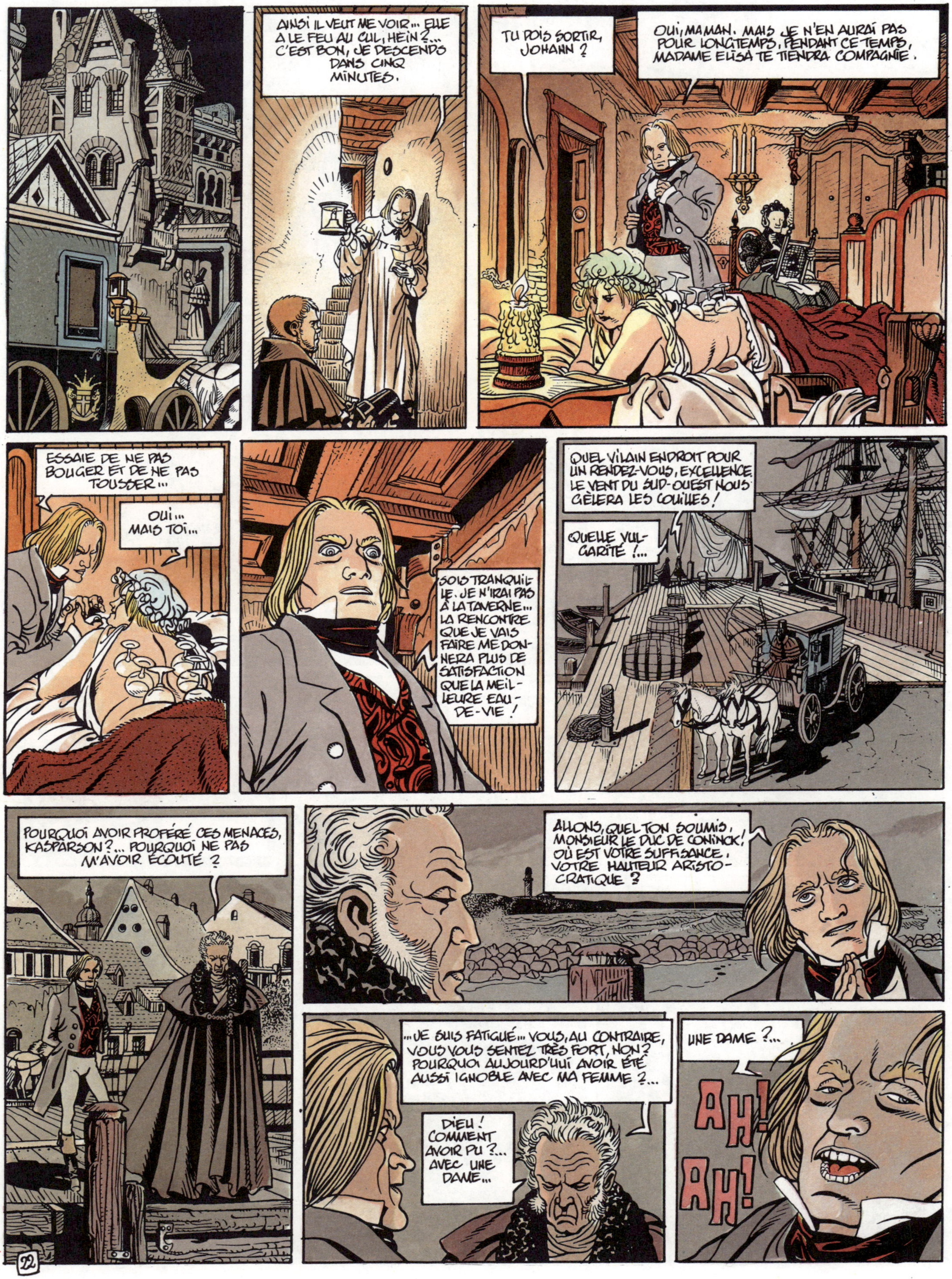
AINSI IL VEUT ME VOIR... ELLE A LE FEU AU CUL, HEIN ?... C'EST BON, JE DESCENDS DANS CINQ MINUTES.
TU DOIS SORTIR, JOHANN ?
OUI, MAMAN. MAIS JE N'EN AURAI PAS POUR LONGTEMPS. PENDANT CE TEMPS, MADAME ELISA TE TIENDRA COMPAGNIE.
ESSAIE DE NE PAS BOUGER ET DE NE PAS TOUSSER...
OUI... MAIS TOI...
SOIS TRANQUILLE. JE N'IRAI PAS À LA TAVERNE... LA RENCONTRE QUE JE VAIS FAIRE ME DONNERA PLUS DE SATISFACTION QUE LA MEILLEURE EAU-DE-VIE !
QUEL VILAIN ENDROIT POUR UN RENDEZ-VOUS, EXCELLENCE. LE VENT DU SUD-OUEST NOUS GÈLERA LES COUILLES !
QUELLE VULGARITÉ !...
POURQUOI AVOIR PROFÉRÉ CES MENACES, KASPARSON ?... POURQUOI NE PAS M'AVOIR ÉCOUTÉ ?
ALLONS, QUEL TON SOUMIS, MONSIEUR LE DUC DE CONINCK ! OÙ EST VOTRE SUFFISANCE, VOTRE HAUTEUR ARISTOCRATIQUE ?
...JE SUIS FATIGUÉ... VOUS, AU CONTRAIRE, VOUS VOUS SENTEZ TRÈS FORT, NON ? POURQUOI AUJOURD'HUI AVOIR ÉTÉ AUSSI IGNOBLE AVEC MA FEMME ?...
DIEU ! COMMENT AVOIR PU ?... AVEC UNE DAME...
UNE DAME ?...
AH! AH!
22

MAIS... CETTE VOITURE A LA LIVRÉE DES DE CONINCK...
TØJHUS
VOTRE FEMME, ÉMINENT SEIGNEUR, EST UNE GRANDE PUTAIN !... ET NON UNE DAME !
J'AI MOI-MÊME JOUI DE SES FAVEURS. MAINTENANT SON PROFESSEUR D'ANGLAIS M'A SUPPLANTÉ. D'AILLEURS BEAUCOUP D'AUTRES SONT PASSÉS DANS SON LIT, CE PETIT TRÉSOR EST INSATIABLE.
ET ELLE NE PREND PAS DE PRÉCAUTIONS PARTICULIÈRES... LA CHOSE EST CONNUE DE TOUT LE WESTERLAND. IL N'Y A QUE VOUS, COMME TOUS LES COCUS QUI N'AYEZ RIEN CONSTATÉ.
SALE PORC !... TU MENS !
ET POURQUOI LE FERAIS-JE ?
C'EST LA DEUXIÈME FOIS QUE VOUS PORTEZ LA MAIN SUR MOI. LA TROISIÈME, JE DEVRAI BRISER CETTE VIEILLE CARCASSE... JE VOUS AI DONNÉ UNE MAUVAISE NOUVELLE ?
SURTOUT, KASPARSON, TU M'AS DONNÉ UNE RAISON DE PLUS POUR TE TUER !
PAW !
PAR DIEU !
23

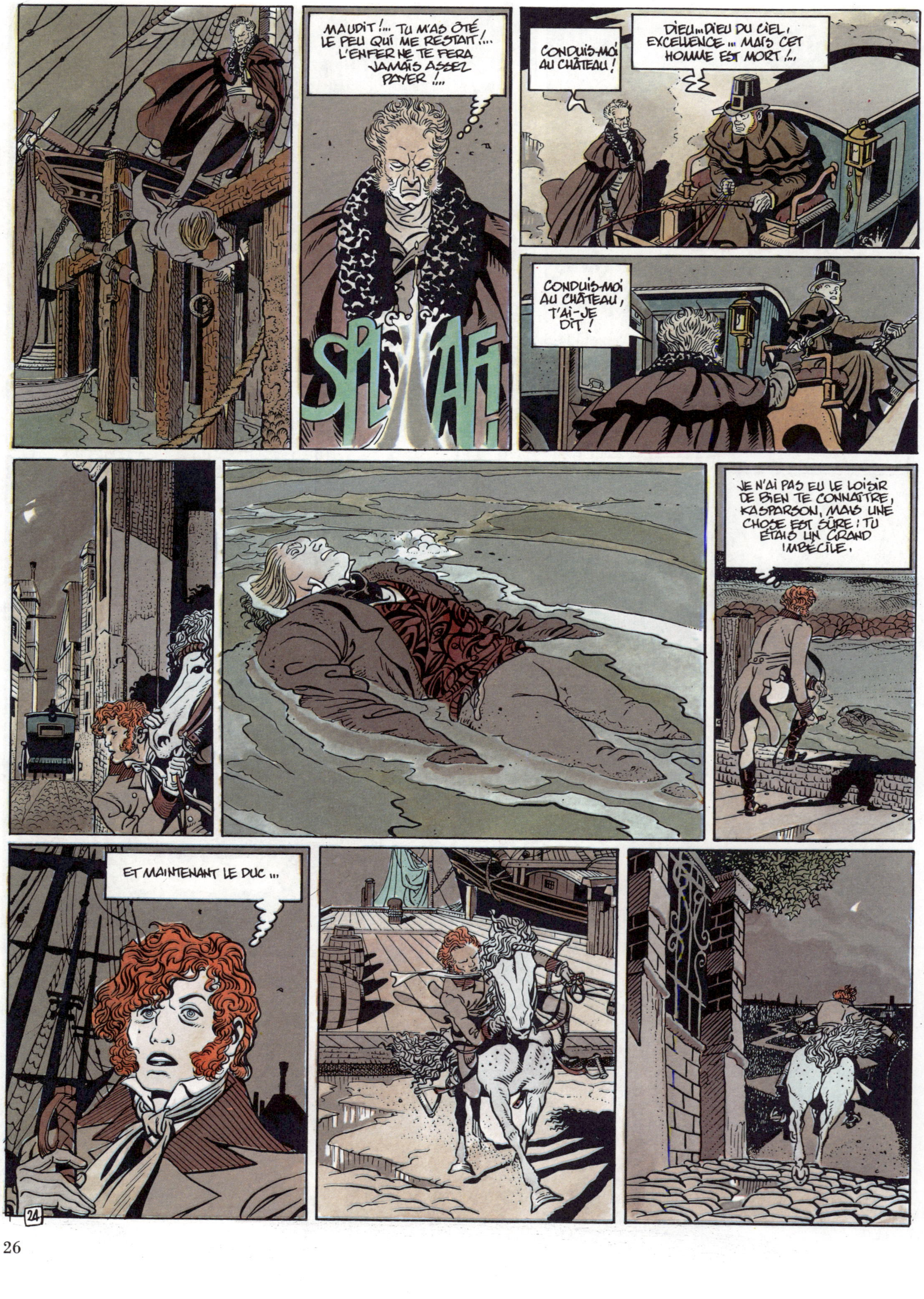
MAUDIT !... TU M'AS ÔTÉ LE PEU QUI ME RESTAIT !... L'ENFER NE TE FERA JAMAIS ASSEZ PAYER !...
SPLAF!
CONDUIS-MOI AU CHÂTEAU !
DIEU... DIEU DU CIEL, EXCELLENCE... MAIS CET HOMME EST MORT !...
CONDUIS-MOI AU CHÂTEAU, T'AI-JE DIT !
JE N'AI PAS EU LE LOISIR DE BIEN TE CONNAÎTRE, KASPARSON, MAIS UNE CHOSE EST SÛRE : TU ÉTAIS UN GRAND IMBÉCILE.
ET MAINTENANT LE DUC...
24

LE DUC A TUÉ KASPARSON !... J'AI PEUR QUE CELUI-CI NE LUI AIT PARLÉ DE CALYPSO ET DE L'ANGLAIS ! IL FAUT LES AVERTIR !...
KASPARSON ?! TUÉ ?!... MON DIEU !
EN PASSANT PAR LES CHAMPS, JE SUIS ARRIVÉ AVANT LE DUC ! MAIS IL FAUT FAIRE VITE, IL SERA ICI DANS UNE MINUTE !...
ILS NE SONT PAS DANS LA SERRE !...
ET PAS NON PLUS CHEZ CALYPSO !... IL NE RESTE QUE LA CHAMBRE DE L'ANGLAIS !
PAS UN PAS DE PLUS, MESSIEURS !
25

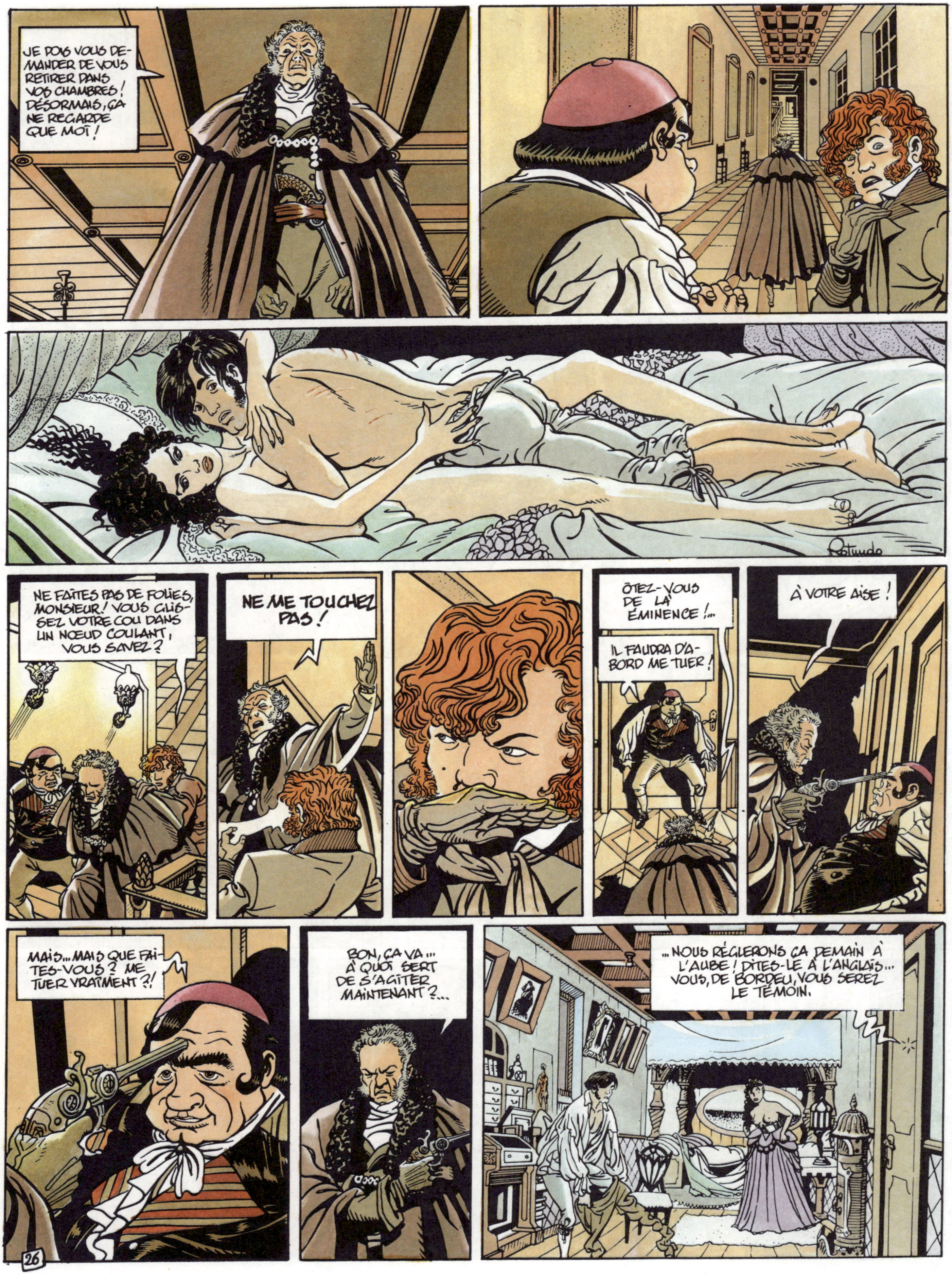
JE DOIS VOUS DEMANDER DE VOUS RETIRER DANS VOS CHAMBRES ! DÉSORMAIS, ÇA NE REGARDE QUE MOI !
NE FAITES PAS DE FOLIES, MONSIEUR ! VOUS GLISSEZ VOTRE COU DANS UN NOEUD COULANT, VOUS SAVEZ ?
NE ME TOUCHEZ PAS !
ÔTEZ-VOUS DE LÀ ÉMINENCE !...
IL FAUDRA D'ABORD ME TUER !
À VOTRE AISE !
MAIS... MAIS QUE FAITES-VOUS ? ME TUER VRAIMENT ?!
BON, ÇA VA... À QUOI SERT DE S'AGITER MAINTENANT ?...
... NOUS RÉGLERONS ÇA DEMAIN À L'AUBE ! DITES-LE À L'ANGLAIS... VOUS, DE BORDEU, VOUS SEREZ LE TÉMOIN.
26

POTTET
A PARIS

DE CONINCK
DEI REX STABAT MATER
28

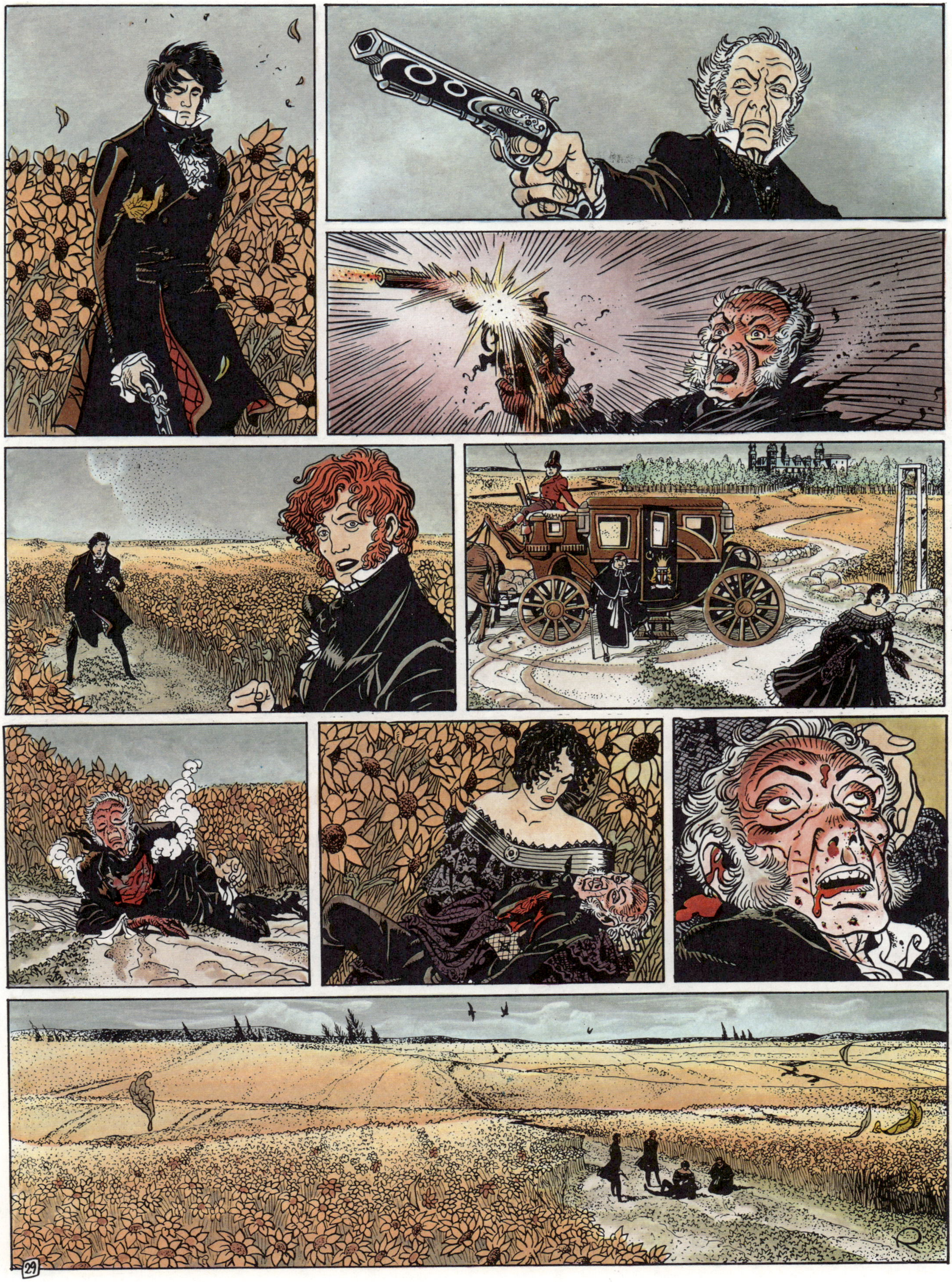

EXCELLENCE !... DIEU DU CIEL !
30

LA DIGUE !... ELLE SE BRISE !...
LA DIGUE ?
OUI, MONSEIGNEUR ! J'EN ARRIVE À L'INSTANT ! ELLE SE LÉZARDE DÉJÀ ! ELLE VA CÉDER D'UN MOMENT À L'AUTRE !
LES PAYSANS, LES PÊCHEURS ET LES AUTRES DOMESTIQUES SE SONT DÉJÀ ENFUIS !...
NOUS DEVONS PARTIR, NOUS AUSSI !
MY GOD !... WHAT ARE WE WAITING FOR ?...
OUI ! SI C'EST AINSI, IL N'Y A PAS UN INSTANT À PERDRE ! VOUS TROIS, MONTEZ DANS L'AUTRE CARROSSE ET ...
NON !
VOUS DEVREZ ATTENDRE !
J'AI D'ABORD UNE TÂCHE À ACCOMPLIR.
31

OBERON
VON
DE DEORUM
Carolus Linnaeus
Weimar 1770
LINNÉ ... LE VOL DES DIEUX ...
JE SUPPOSAIS BIEN QU'AVANT DE MOURIR, TON MARI T'AVAIT MURMURÉ QUELQUE CHOSE.
IL T'A DIT DE LE DÉTRUIRE, N'EST-CE PAS ?
OUI ! ET IL M'A DIT AUSSI QUE LE PISTOLET N'AVAIT PAS EXPLOSÉ TOUT SEUL.

DONNE-LE MOI, CALYPSO.
SINON TU ME TUERAS MOI AUSSI ?
CRRRAAKKKK
LA DIGUE !... VIENS !
VITE !... VITE !...
MAUDITS SOIENT LES PATRONS ET LA MERDE QU'ILS ONT DANS LE CERVEAU !
LIDO !
PAR LE CHRIST, PENSONS AUX VIVANTS !
YEAAH

ET LES TROIS DOMESTIQUES ?
ILS SONT PARTIS AVEC L'AUTRE VOITURE... NOUS AVONS PERDU TROP DE TEMPS.
UNE AUTRE BRÈCHE S'EST OUVERTE DANS LA DIGUE... ESPÉRONS QUE...

35

36

TERMINÉ...
OUI. TERMINÉ, MALÉDICTION... CALYPSO, DE BORDEU, BORIS... L'EAU A TOUT EMPORTÉ... ET QUI SAIT COMBIEN D'AUTRES INNOCENTS...
IL NE RESTE QUE NOUS. UN "MINUS HABENS" QUI JOUE AVEC L'EAU ET UN PRÊTRE STUPIDE ET PARFAITEMENT INUTILE...
VOUS N'AVEZ PAS LE DROIT DE M'OFFENSER, ÉMINENCE ! CE LIVRE ÉTAIT À CALYPSO... ET MOI... JE CHERCHE SEULEMENT À NE PAS PENSER.
EXCUSE-MOI, MON FILS... C'EST QUE JE NE ME SUIS JAMAIS SENTI AUSSI VIDE... AUSSI FATIGUÉ... JE PENSE À CE TRISTE MONDE QUI NE SAIT PLUS DE QUOI RENDRE COMPTE À DIEU...
NE DITES PAS ÇA, JE VOUS EN PRIE... SI VOUS PERDEZ LA FOI EN DIEU, MOI...
ALORS, AIDE-MOI DONC. PARCE QUE SEUL, JE N'Y ARRIVE PAS...
AIDE-MOI À PRIER.

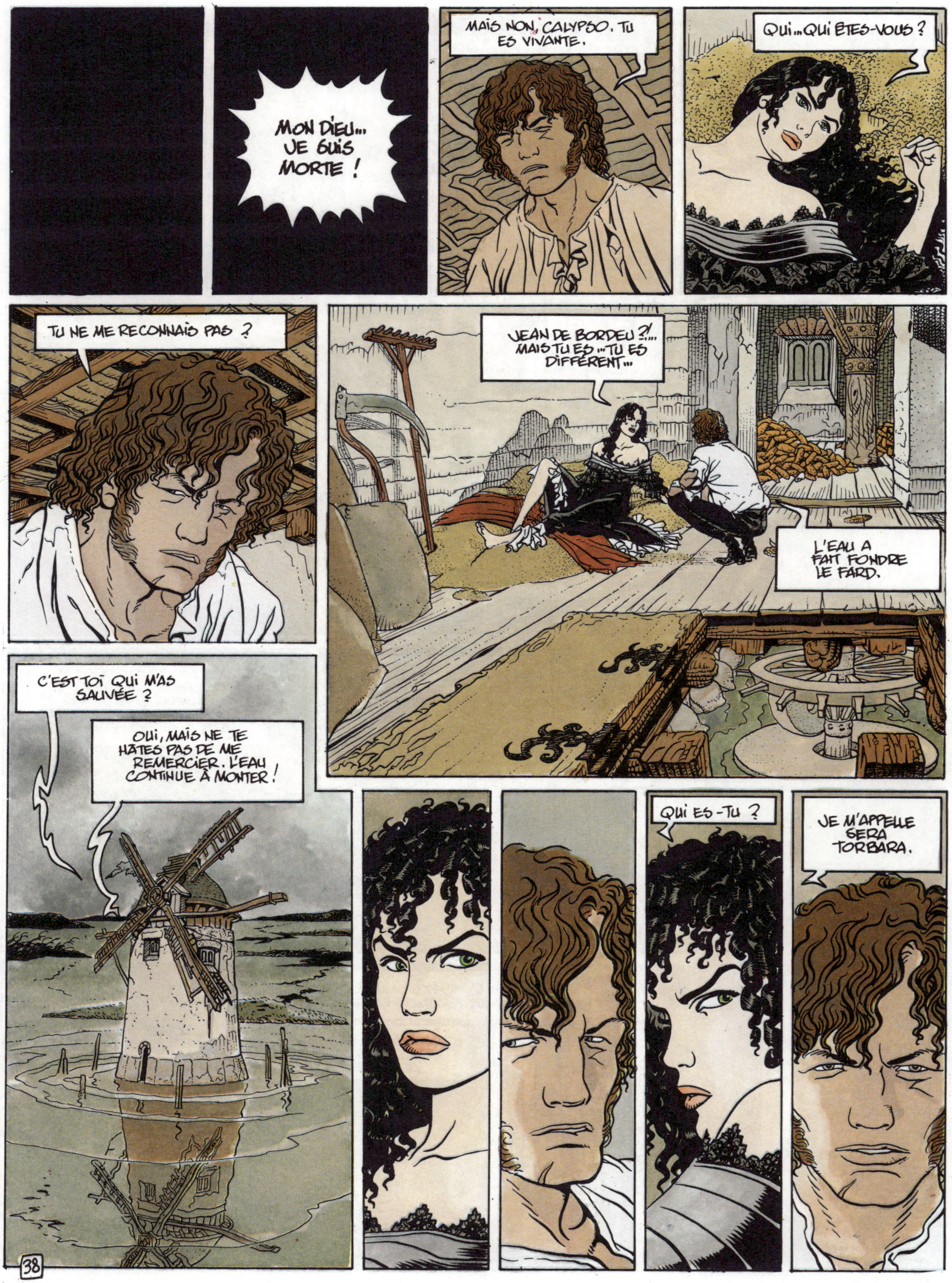
MON DIEU... JE SUIS MORTE !
MAIS NON, CALYPSO. TU ES VIVANTE.
QUI... QUI ÊTES-VOUS ?
TU NE ME RECONNAIS PAS ?
JEAN DE BORDEU ?!... MAIS TU ES... TU ES DIFFÉRENT...
L'EAU A FAIT FONDRE LE FARD.
C'EST TOI QUI M'AS SAUVÉE ?
OUI, MAIS NE TE HÂTES PAS DE ME REMERCIER. L'EAU CONTINUE À MONTER !
QUI ES-TU ?
JE M'APPELLE SERA TORBARA.
38

SAUVÉS... VOUS ÊTES NOMBREUX À FAIRE DES RECHERCHES ?
OUI. LE BOURGMESTRE DE LIST A ORGANISÉ PLUSIEURS ÉQUIPES. MAIS LA ZONE INONDÉE EST TRÈS VASTE ... IL Y A TANT DE MORTS...
J'IMAGINE... ET TOI, MON FILS, TU NE DIS RIEN ?... JE VOIS QUE TU AS MÊME PRIS TON LIVRE.
...OUI...
COURAGE. PEUT-ÊTRE LES RETROUVERONS-NOUS... CALYPSO ET LES AUTRES...
N'EST-CE PAS, MES AMIS ?
CERTAINEMENT PAS CE SOIR, AVEC LE BROUILLARD, C'EST TROP RISQUÉ DE CONTINUER LES RECHERCHES. PEUT-ÊTRE DEMAIN ...
S'ILS SONT ENCORE EN VIE.
ÇA A COMMENCÉ VOICI UN AN, EN GRÈCE. JE VINS EN POSSESSION DE DOCUMENTS AYANT APPARTENU À UN INTELLECTUEL ITALIEN, LE COMTE DE SANTAROSA...
PARMI LES PAPIERS, IL Y AVAIT UNE LETTRE D'UN ABBÉ ALLEMAND UN CERTAIN MEISTER. UNE LETTRE INCROYABLE... ELLE AFFIRMAIT L'EXISTENCE D'UNE ŒUVRE INCONNUE DE LINNÉ.
"DE DEORUM VOLO", AINSI S'APPELAIT L'OUVRAGE. CE TITRE, UN PEU BYRONIEN, FUT VOULU PAR L'ÉDITEUR. LINNÉ L'AVAIT APPELÉ "CURSUS HOMINIS"... L'ÉVOLUTION DE L'HOMME...
CE QU'IL Y AFFIRMAIT ÉTAIT INCONCEVABLE... QUE LE PREMIER HOMME N'EST PAS NÉ DE LA BOUE D'UN MARÉCAGE, COMME LE DISENT LES PRÊTRES...
... MAIS BEAUCOUP PLUS LENTEMENT, DE LA TRANSFORMATION D'ESPÈCES PRÉEXISTANTES. SELON UNE LIGNE ÉVOLUTIVE QUI PART DES PREMIERS INVERTÉBRÉS ET PASSE PAR LES SINGES.
Rotundo
39

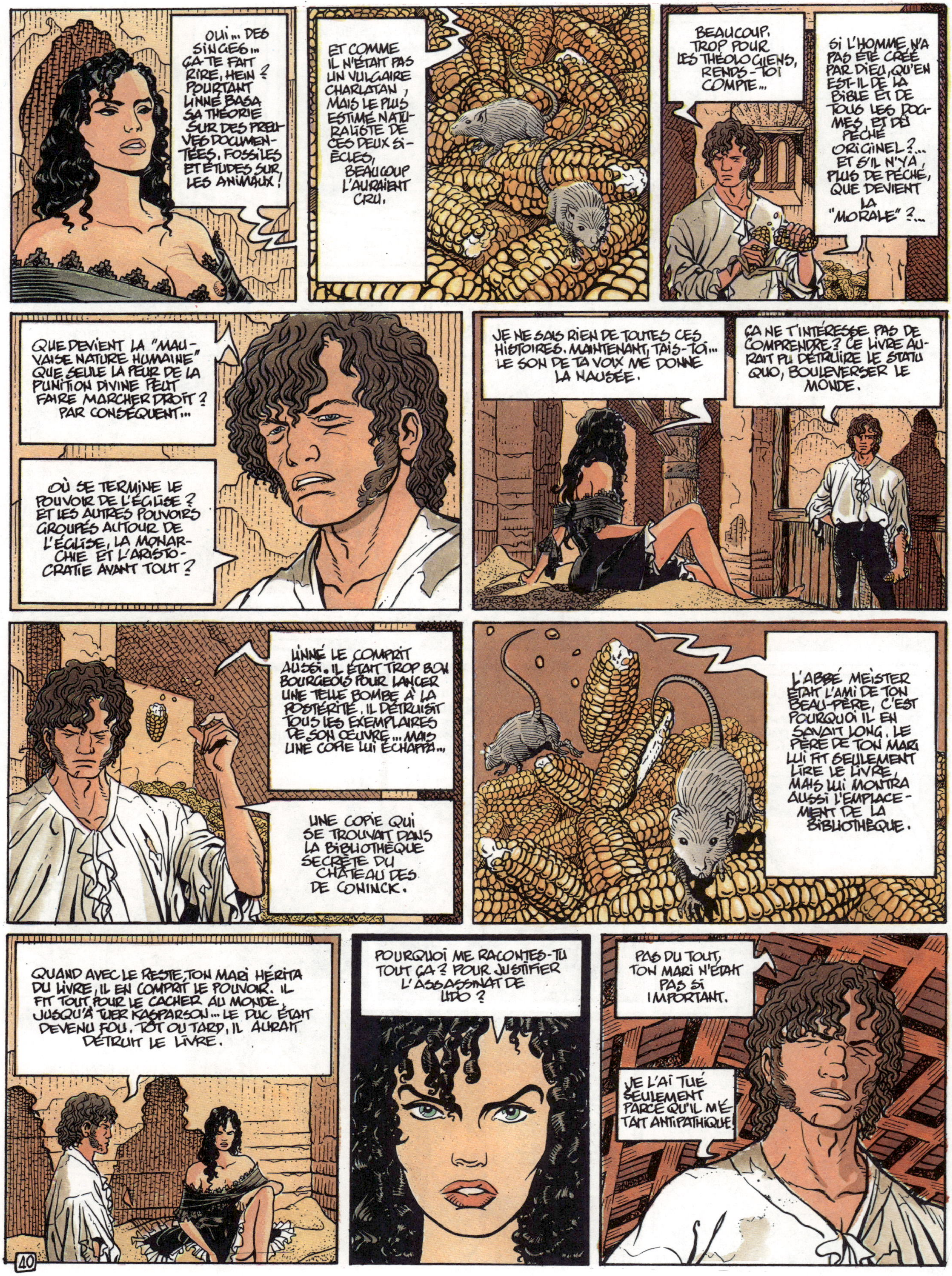
OUI... DES SINGES... ÇA TE FAIT RIRE, HEIN ? POURTANT LINNÉ BASA SA THÉORIE SUR DES PREUVES DOCUMENTÉES, FOSSILES ET ÉTUDES SUR LES ANIMAUX !
ET COMME IL N'ÉTAIT PAS UN VULGAIRE CHARLATAN, MAIS LE PLUS ESTIMÉ NATURALISTE DE CES DEUX SIÈCLES, BEAUCOUP L'AURAIENT CRU.
BEAUCOUP. TROP POUR LES THÉOLOGIENS, RENDS-TOI COMPTE...
SI L'HOMME N'A PAS ÉTÉ CRÉÉ PAR DIEU, QU'EN EST-IL DE LA BIBLE ET DE TOUS LES DOGMES, ET DU PÉCHÉ ORIGINEL ?... ET S'IL N'Y A PLUS DE PÉCHÉ, QUE DEVIENT LA "MORALE" ?...
QUE DEVIENT LA "MAUVAISE NATURE HUMAINE" QUE SEULE LA PEUR DE LA PUNITION DIVINE PEUT FAIRE MARCHER DROIT ? PAR CONSÉQUENT...
OÙ SE TERMINE LE POUVOIR DE L'ÉGLISE ? ET LES AUTRES POUVOIRS GROUPÉS AUTOUR DE L'ÉGLISE, LA MONARCHIE ET L'ARISTOCRATIE AVANT TOUT ?
JE NE SAIS RIEN DE TOUTES CES HISTOIRES. MAINTENANT, TAIS-TOI... LE SON DE TA VOIX ME DONNE LA NAUSÉE.
ÇA NE T'INTÉRESSE PAS DE COMPRENDRE ? CE LIVRE AURAIT PU DÉTRUIRE LE STATU QUO, BOULEVERSER LE MONDE.
LINNÉ LE COMPRIT AUSSI. IL ÉTAIT TROP BON BOURGEOIS POUR LANCER UNE TELLE BOMBE À LA POSTÉRITÉ. IL DÉTRUISIT TOUS LES EXEMPLAIRES DE SON ŒUVRE... MAIS UNE COPIE LUI ÉCHAPPA...
UNE COPIE QUI SE TROUVAIT DANS LA BIBLIOTHÈQUE SECRÈTE DU CHÂTEAU DES DE CONINCK.
L'ABBÉ MEISTER ÉTAIT L'AMI DE TON BEAU-PÈRE, C'EST POURQUOI IL EN SAVAIT LONG. LE PÈRE DE TON MARI LUI FIT SEULEMENT LIRE LE LIVRE, MAIS LUI MONTRA AUSSI L'EMPLACEMENT DE LA BIBLIOTHÈQUE.
QUAND AVEC LE RESTE, TON MARI HÉRITA DU LIVRE, IL EN COMPRIT LE POUVOIR. IL FIT TOUT POUR LE CACHER AU MONDE, JUSQU'À TUER KASPARSON... LE DUC ÉTAIT DEVENU FOU. TÔT OU TARD, IL AURAIT DÉTRUIT LE LIVRE.
40
POURQUOI ME RACONTES-TU TOUT ÇA ? POUR JUSTIFIER L'ASSASSINAT DE LIDO ?
PAS DU TOUT, TON MARI N'ÉTAIT PAS SI IMPORTANT.
JE L'AI TUÉ SEULEMENT PARCE QU'IL M'ÉTAIT ANTIPATHIQUE !

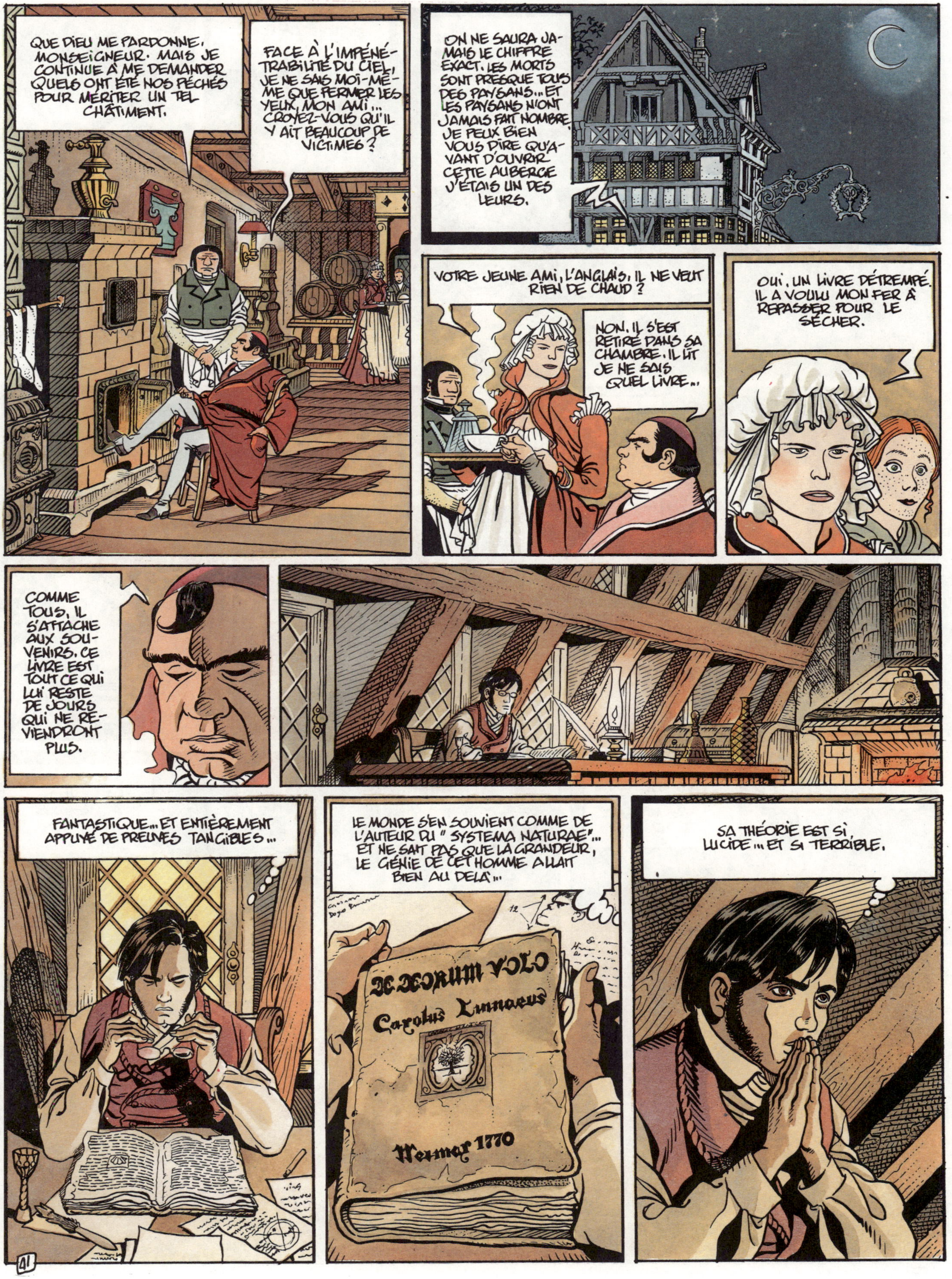
QUE DIEU ME PARDONNE, MONSEIGNEUR. MAIS JE CONTINUE À ME DEMANDER QUELS ONT ÉTÉ NOS PÉCHÉS POUR MÉRITER UN TEL CHÂTIMENT.
FACE À L'IMPÉNÉTRABILITÉ DU CIEL, JE NE SAIS MOI-MÊME QUE FERMER LES YEUX, MON AMI... CROYEZ-VOUS QU'IL Y AIT BEAUCOUP DE VICTIMES ?
ON NE SAURA JAMAIS LE CHIFFRE EXACT. LES MORTS SONT PRESQUE TOUS DES PAYSANS... ET LES PAYSANS N'ONT JAMAIS FAIT NOMBRE. JE PEUX BIEN VOUS DIRE QU'AVANT D'OUVRIR CETTE AUBERGE J'ÉTAIS UN DES LEURS.
VOTRE JEUNE AMI, L'ANGLAIS, IL NE VEUT RIEN DE CHAUD ?
NON. IL S'EST RETIRÉ DANS SA CHAMBRE. IL LIT JE NE SAIS QUEL LIVRE...
OUI. UN LIVRE DÉTREMPÉ. IL A VOULU MON FER À REPASSER POUR LE SÉCHER.
COMME TOUS, IL S'ATTACHE AUX SOUVENIRS. CE LIVRE EST TOUT CE QUI LUI RESTE DE JOURS QUI NE REVIENDRONT PLUS.
FANTASTIQUE... ET ENTIÈREMENT APPUYÉ DE PREUVES TANGIBLES...
LE MONDE S'EN SOUVIENT COMME DE L'AUTEUR DU "SYSTEMA NATURAE"... ET NE SAIT PAS QUE LA GRANDEUR, LE GÉNIE DE CET HOMME ALLAIT BIEN AU DELÀ...
DE DEORUM VOLO
Carolus Linnaeus
Weimar 1770
SA THÉORIE EST SI LUCIDE... ET SI TERRIBLE.
41

C'EST MOI QUI, DURANT LE BAL, ME SUIS INTRODUIT DANS LA BIBLIOTHÈQUE. MAIS LE LIVRE N'Y ÉTAIT PAS. JE NE SAVAIS PAS QUE TON MARI LE GARDAIT DANS SA CHAMBRE, SOUS UNE FAUSSE COUVERTURE. IL EST CERTAIN QUE LUI AUSSI EN ÉTAIT FASCINÉ...
LE TUER A ÉTÉ FACILE... UN ÉCLAT DE FER DANS LE CANON D'UN PISTOLET, ET DU PLOMB FONDU POUR L'OCCLURE. AVANT LE DUEL, J'AI FAIT EN SORTE QUE TON MARI PRENNE JUSTEMENT CELUI-LÀ.
ET TOUT ÇA POUR QUOI ?
MAIS TU NE COMPRENDS PAS CE QU'AURAIT SIGNIFIÉ LA POSSESSION DE CE LIVRE ?
BIEN SÛR QUE JE COMPRENDS... CHANTAGES... DONC LE POUVOIR... L'ARGENT... ET TU EN ES AVIDE, N'EST-CE PAS ?
LE POUVOIR, CALYPSO, EST UN ENNUI QUE JE LAISSE VOLONTIERS AUX AUTRES. QUANT À L'ARGENT, EH BIEN, OUI, DISONS QUE JE VOULAIS CE LIVRE POUR L'ARGENT.
MAIS PAR DESSUS TOUT, JE LE VOULAIS POUR L'INESTIMABLE PLAISIR DE DÉRANGER PAS MAL DE GENS.
TU ES... TU ES...
FAIS VITE POUR ME LE DIRE, TU VAS MANQUER DE TEMPS...
L'EAU NOUS A PRESQUE REJOINTS.
42

ILS LES ONT TROUVÉS, MON FILS ! LA DUCHESSE ET DE BORDEU... ! SAUFS TOUS LES DEUX !
QUE DIEU TE BÉNISSE ! OÙ SONT-ILS ?
UNE VOITURE LES RAMÈNE ICI, À LIST !... MAIS TOI !... TU ES RESTÉ TOUTE LA NUIT À LIRE TON LIVRE MYSTÉRIEUX ? ÇA DEVAIT ÊTRE UN SUJET BIEN INTÉRESSANT, DONC !
OH, NON, DES SOTTISES !
DUCHESSE DE CONINCK ! QUEL BONHEUR DE VOUS VOIR SAUVE ! JE SUIS LE BOURGMESTRE HERDER ! MA MAISON EST À VOTRE DISPOSITION !
VOUS DEVEZ ÊTRE LE COMTE DE BORDEU ?...
OUI. IL ME FAUT UN CHEVAL. PEUT-ON M'EN PROCURER UN ?
UN CHEVAL ?... BIEN SÛR, MAIS... OÙ VOULEZ-VOUS ALLER ? VOUS AVEZ BESOIN DE REPOS, DE NOURRITURE...
SPUD
43
MAIS QU'AVEZ-VOUS FAIT ?
C'EST L'ASSASSIN DE MON MARI. FAITES-LE ARRÊTER.

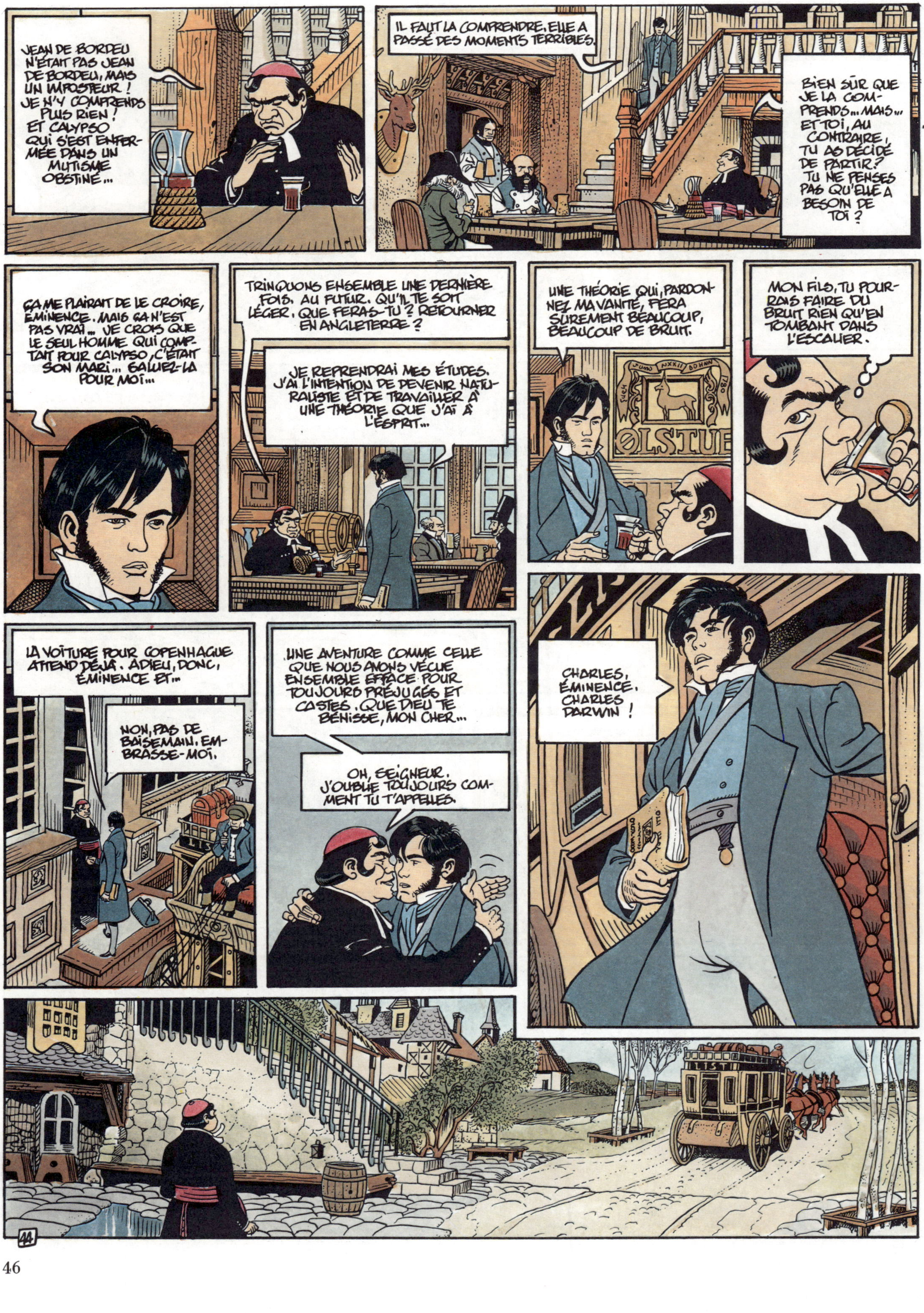
JEAN DE BORDEU N'ÉTAIT PAS JEAN DE BORDEU, MAIS UN IMPOSTEUR ! JE N'Y COMPRENDS PLUS RIEN ! ET CALYPSO QUI S'EST ENFERMÉE DANS UN MUTISME OBSTINÉ...
IL FAUT LA COMPRENDRE. ELLE A PASSÉ DES MOMENTS TERRIBLES.
BIEN SÛR QUE JE LA COMPRENDS... MAIS... ET TOI, AU CONTRAIRE, TU AS DÉCIDÉ DE PARTIR ? TU NE PENSES PAS QU'ELLE A BESOIN DE TOI ?
ÇA ME PLAIRAIT DE LE CROIRE, ÉMINENCE. MAIS ÇA N'EST PAS VRAI... JE CROIS QUE LE SEUL HOMME QUI COMPTAIT POUR CALYPSO, C'ÉTAIT SON MARI... SALUEZ-LA POUR MOI...
TRINQUONS ENSEMBLE UNE DERNIÈRE FOIS. AU FUTUR. QU'IL TE SOIT LÉGER. QUE FERAS-TU ? RETOURNER EN ANGLETERRE ?
JE REPRENDRAI MES ÉTUDES. J'AI L'INTENTION DE DEVENIR NATURALISTE ET DE TRAVAILLER À UNE THÉORIE QUE J'AI À L'ESPRIT...
UNE THÉORIE QUI, PARDONNEZ MA VANITÉ, FERA SÛREMENT BEAUCOUP, BEAUCOUP DE BRUIT.
OLSTUE
MON FILS, TU POURRAIS FAIRE DU BRUIT RIEN QU'EN TOMBANT DANS L'ESCALIER.
LA VOITURE POUR COPENHAGUE ATTEND DÉJÀ. ADIEU, DONC, ÉMINENCE ET...
NON, PAS DE BAISEMAIN. EMBRASSE-MOI.
UNE AVENTURE COMME CELLE QUE NOUS AVONS VÉCUE ENSEMBLE EFFACE POUR TOUJOURS PRÉJUGÉS ET CASTES. QUE DIEU TE BÉNISSE, MON CHER...
OH, SEIGNEUR. J'OUBLIE TOUJOURS COMMENT TU T'APPELLES.
CHARLES, ÉMINENCE. CHARLES DARWIN !
44

.. DOMMAGE ..
PAW
45

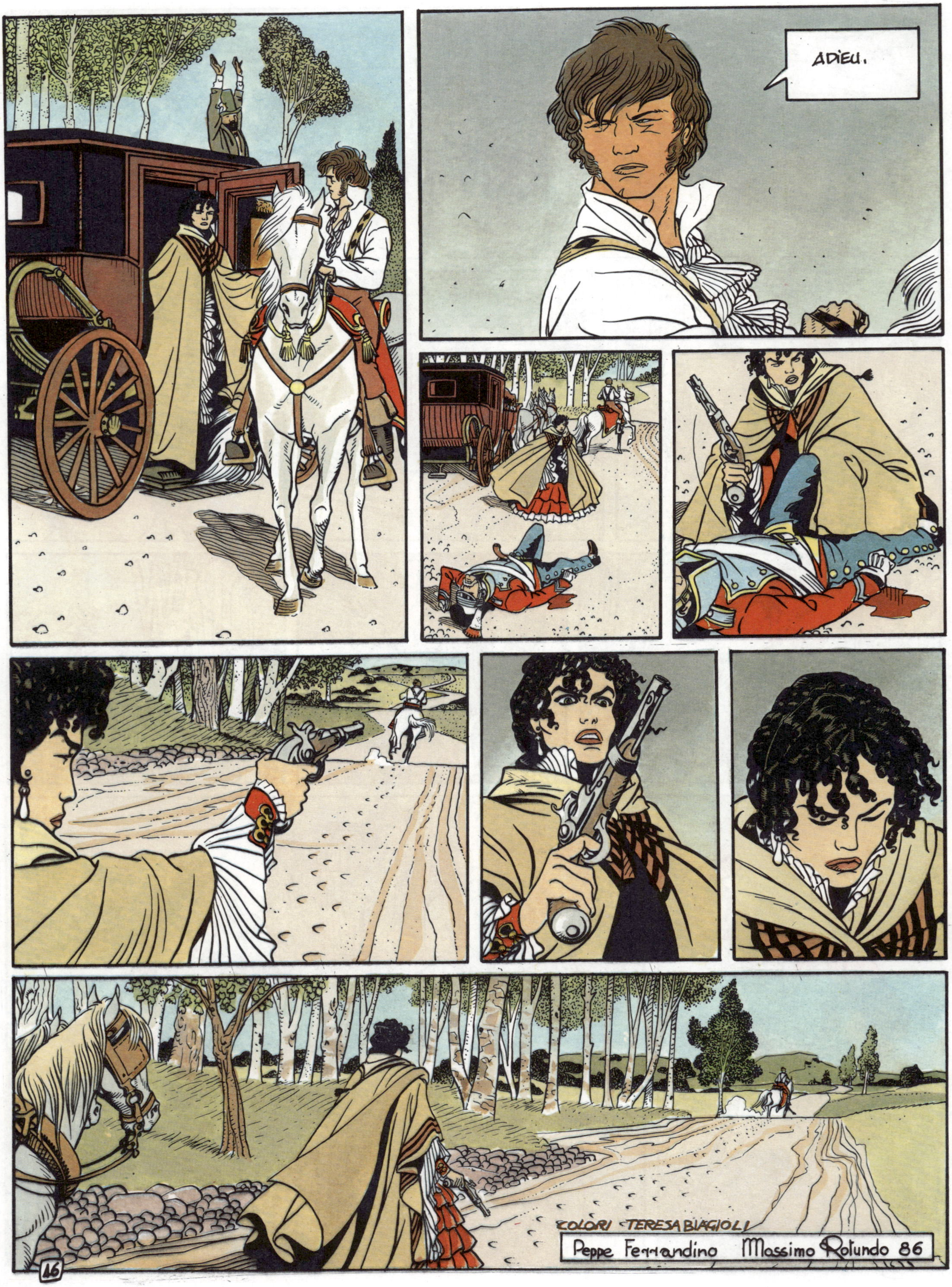
ADIEU.
COLORI TERESA BIAGIOLI
Peppe Ferrandino Massimo Rotundo 86
16